KB026620

파울 첼란 전집(전5권) 제4권   초기작

GESAMMELTE WERKE. Volume 6 : DAS FRÜHWERK
von Paul Celan. Herausgegeben von Barbara Wiedemann

파울 첼란 전집(전5권) 제4권 ──────── 초기작

허수경
옮김

문학동네

일러두기

1. 번역 대본으로는 *Paul Celan: Gesammelte Werke in sieben Bänden, Sechster Band*(Paul Celan, Suhrkamp Verlag, 2000)을 사용했다.

2. 이 책은 여러 시집에 흩어져 단편적으로 알려졌던 파울 첼란의 초기작을 한 권으로 묶은 것이다. 파리로 거처를 옮기기 전 첼란의 삶에서 중요했던 장소인 부코비나, 부쿠레슈티, 빈을 따라가면서 1938년부터 1948년 중반까지 십여 년 동안 쓴 시와 시산문을 아우르며, 루마니아어로 쓴 작품도 포함하고 있다.

3. 루마니아어로 쓴 시는 차례와 본문의 제목 앞에 *로 표시했으며, 첼란 관련 책을 여러 권 출판하고 이 책을 편집한 바르바라 비데만의 독일어 번역을 참조했다.

4. 차례의 제목, 본문의 볼드체와 고딕체는 원서에 따른 것이다.

5. 주석은 모두 옮긴이주다.

I
부코비나

II
부쿠레슈티

시

III
빈

I
부코비나

닻 없는 더듬거림은 손을 방해하지 않는다
그리고 밤에 흩어진 향수는 깍지 낀 기도의 노고를
떨면서 나른다, 그대 들이마심의 근심 속에
더 짙게 팽팽해진 붉음 앞으로.

겁먹은 호흡이 그 덩굴의
비탈에서 그대의 얼굴을 붙잡는다;
그리고 소스라친 이들에게 조용히 빛-
다발 같은 세심함을 꿈 앞에서 내민다.

하지만 이 꿈은 환한 섬에서 솟아오른다
그리고 자줏빛이 그 꿈을 에워싸 자주 가운을 걸친다
떠나감과 위험으로부터, 끝없는 행함으로부터……

휴식에서 그렇게 달아난 이들, 그대는 따라잡지 못한다,
덤불과 무리들이 있는 곳, 가파르고 알록달록하다—
　그대가 섬이기에, 어머니이기에, 땅에서 나오는 은은한 빛이
기에.

풍경

자작나무 한 그루가 구부러져 서 있다:
구부러진 하얀 분필.
구름 세 덩이가 왼쪽에. 산마루 하나.
그리고 황야, 황야, 황야.

그런 다음 갑자기 숲, 소나무숲.
자작나무들 하얗게. 다시 소나무들.
높이 위에는 까마귀들. 곧
별들이 오는 것을 들을까?

연못 하나, 어두워졌다…… 집들? 빛?
마을 하나를 지나오지 않았나?
누가 여기에서 혹시 위로하듯 꿈들을 말하나?
그리고 소나무들 다시, 더 어두워져서……

두 물레방아가 아직, 바람에게 거는 장난;
긴 팔과 함께 둘은.
―여기에서 바람은 선잠일까?―

그리고 밤. 그리고 끝없이: 황야……

혼자 있음 또한 눈물을 위해서는 충분하지 않다,
수천의 잎사귀들이 너에게로 조용히—
저 너머로 떨어지며 향수를 계속 쌓아내리기에……

그들은 더 높이 침묵한다, 네 청각을 에워싼
원 속으로 손을 뻗어 성가시게 한다 팔걸이로부터
하얀빛 속 네 외로움의 잠을.

모든 것을 잣는 것은 오늘 빛 속에서 투명하기에;
그리고 유리처럼 부서지며 나비들은 기차가
네 숙명으로 떠나도록 준비를 마쳤다, 네 숙명은

깨진 조각을 몰랐고 재가 담긴 단지도 몰랐네.
무섭긴 하지, 그것이 어떻게 부서지는지 들리면……
그래도 명백한 것은 그것으로 눈물을 흘리게 된다는 것……

비탄

매일 저녁 바뀌어 부서진다
손에 감춰진 네 얼굴이;
나는 유일하게 끝에서 네게 다다른다,
네가 야위어 소박하게 머무는 곳.

그렇게 때때로 나는 너 가까이 있고 그리고 잡았지
손가락으로 희미한 몸짓을,
네가 낯선 땅에 흩뿌려둔 몸짓을,
우리와 우리의 장미언덕에서도 먼……

아, 어떻게 너는 모든 호흡을 다 써버렸는지!
어떻게 모든 호흡이 네게서 이미 순식간에 부서졌는지!
그리고 어떻게 나는 그걸 내 단지 속에 들여놓았는지 ─
그리고 이제 단지는, 더 모자라, 어떤 불의 대팻밥에도 넉넉
지 않다……

그리고 네 숨이 밝게 머물렀더라면 어땠을까……
그리고 이제 너는 놀이를 한다, 침묵하며, 귀먹은 놀이를……

오 어떻게 우리 꿈들은 불꽃을 내며 움직일까!

아이야, 네 변신은 어떻게 일어났을까! 일어났을까, 무너졌을까……

소원

뿌리들이 구부러진다:

그 밑에

틀림없이 두더지 한 마리가 살 테지……

아니면 난쟁이가……

아니면 오로지 흙과

은빛 물줄기가……

더 좋은 것은

피일 텐데.

어머니, 소리 없이 치유하는, 가까이에서,
저녁에 허약한 손가락으로 우리를 스치는 어머니,
우리에게 숲속 빈터를 더 아늑하게 해준다, 마치 노루에게,
숨을 몰아쉬며 아침바람을 이해하는 노루에게 해주듯이.

우리는 유순하게 삶의 원 속으로 발을 내디딘다
그리고 어머니는 거기 있어야 한다, 죽음처럼 정화하면서,
우리에게 밤들을 가로막는 죽음 그리고 여행은
때때로 속도를 낸다, 뇌우가 위협하면.

우리는 바짝 뒤따른다, 아침의 돌처럼 차가운 기운을,
문 하나가 냉기의 숨 앞에 나타나
우리가 기다리며 수많은 눈물을 빌려야 한다면,

그리고 문이 눈물을 내놓으면, 우리는 같이 끌어당긴다……
문이, 놀라서, 침묵으로부터 주시하는 것,
우리가 낯선 이에게 상처마저 보여주는지 아닌지.

공원에서

밤. 그리고 모든 것이 여기에 있다:
호수, 나무들, 거룻배;
물속의 원들……

하얗게
빛을 내며 풀밭 옆으로 지나간다:
소녀 하나가,
서두른다.

한 마리뿐인 백조가 지나간다.

어떨까, 떠는 별이
불에서 저를 깎아내
호수 속으로 떨어졌다면?
수련 속으로?

울새가 죽지 않았을까?

귀향

어떤

숨겨둔 목소리도

발견되지 않으리.

어떤 것도.

어떻게 마냥 머물까

삶이 내 앞에서 커져가고

미화되는데?

벗들에게는

—고향에는 어떤 벗도 없을 것이다—

이미 눈길 하나로

충분하다

그리고 어머니에게는

아마도 내 애스터*의 손짓으로—

그들은 계속해서 궁리한다,

죽음이 아닌지만 귀기울인다,

혹은 어느 괴로운 하루,

● 국화과에 속한 한해살이풀.

침묵 뒤에서

밤 속 저 너머로–

어두워지지 않는 하루가 있는지……

오 심장 속 뛰어오름이여.

바랜 세계에 대한 발라드

모래는. 모래는.
천막 앞으로, 수많은 천막 앞으로
달이 제 속삭임을 실어나른다.
"나는 바다야. 나는 달이야.
나를 들어가게 해줘."

"밤", 천막이 중얼거린다.
"밤이 되어라."

그때 창들이 다가온다:
"우리야.
그리고 아침의 무쇠 같은 푸름.
뒤흔듦이 모든 것을
꿰뚫게 하자."

그때 움직인다,
그때 근심하며 전사의 팔이 움직인다:
"우리에게 신 없는 천사들이 맞장구친다—

그러면 낯선 이들은 이곳에 암흑을 쌓아올리는가?

우리가 밀고 들어간다!

(하지만 무엇이,

하지만 누가 천막 안에 있나?)

숨쉬는 얼굴 하나가

밝게 천막 앞에서 목을 맨다:

"비처럼 초록인 운명이

나다.

그리고 나는 풀이다.

나는 휘날린다.

게다가 나는 안으로 휘날린다."

(하지만 무엇이,

하지만 누가 천막 안에 있나?)

모두 가라앉았나?

모래가?

창들이?

전사의 팔들이? 숨쉬는 얼굴이?

가라앉았나, 그들이 가라앉았나?

흑인들의 말을 더듬거리는 영혼들이 주위에
둥글게 모여 춤을 추었고 밀고 들어갔다:
그림자를 그들은 찾았다, 누구의 것도 아닌
그림자를……

영혼의 윤무는 흐트러지고 말았다.

셋의 이주를 위한 발라드

붉은 구름이 우리의 손 주위로 흩날린다:
우리는 모두 같은 땅에서 달아났다.
똑같은 적 셋이 우리 땅을 파괴해버렸다
사악한 니벨룽겐의 칼로.

그때 우리는 웃었지,
그때 우리는 웃으면서 다른 골짜기로 옮겨갔지.
그럼 어떤가: 오두막들을 모두 우리가 불질러버렸는데.

오라, 누이들이여, 오라.
그리고 우리의 밤들을 검게 물들여라.

나는 생각하는 심장을 가졌지.
나는 야생의 심장을 가졌지.
나는 아무 심장도 가지지 않았네.

오라, 누이들이여, 오라.
그리고 우리의 밤들을 검게 물들여라.

그때 누이들이 왔네,

그때 누이들이 와서 간청했네: 불이 우리 농가들을 모조리 집어삼킵니다!

그때 우리는 웃었지,

그때 우리는 웃으면서 누이들의 불을 꺼주었지.

(하지만 누구에게, 하지만 누구에게 여기에서 아직 바람이 나눠지나?)

그때 우리는 웃으면서 누이들의 불을 모두 꺼주었지.

텅 빈 영원 속에서 우리는 연기가 피어오르는 횃불을 들고 행진한다.

전설

땅의 녹슨 수수께끼 뒤에
오라 형제여 기운차게 나와 밝게 한 삽 뜨면서.
나는 아무것도 찾지 못했지. 너는 아무것도 찾지 못하지.
그래도 땅은 그때 쪼개지는구나.

어두워지면, 나는 너를 데리고 나와 함께 내 농가로 가리.
너는 묻지, 누가 그곳에 있느냐고?
내 누이가 있단다, 내 가장 사랑하는 이가 있단다.
자주 어두워진단다, 내가 아직 집에 없으면……

나는 푸는가, 너는 푸는가
땅의 녹슨 수수께끼를
피투성이의 한 삽으로?

여름밤

반딧불이 미광을 위해 담쟁이덩굴 이파리에 입맞추고,
새로 난 줄기를 바라본다, 숨겨진 이……
바람은 또다시 새로운 장난을 떠올린다:
별들 곁에서 잡아당기고 딱정벌레를 놀랜다……

하얀 떨림, 이제 헐벗은 자작나무들이
소나무들의 소망 안에 가벼이 웅크리고 앉는다.
네 걸음이 고요를 크게 하고, 눈부시게 하고 부드럽게 한
다……
그리고 마술이 온다, 삶을 세우기 위해.

고사리 속 달이 조심스러운 흔들림의 너울을 벗긴다,
풀들을 휘감는다, 잔가지들을 꿰어놓는다……
짐승들은 버섯의 빛 앞에 멈춰 서 있다,
독이 붉어지는 곳은, 더 화려하고 더 조용하다.

바람은 또다시 새로운 장난을 떠올린다:
별들 곁에서 잡아당기고 딱정벌레를 놀랜다……

반딧불이 미광을 위해 담쟁이덩굴 이파리에 입맞춘다……

고요: 내 손가락은 너를 찾는다, 숨겨진 이……

순간

밤이 내 피를 황금과 함께 파헤쳐,
광휘가 수천의 고랑들을 지나 굴러간다.

붉은 벨벳의 긴장한 더듬이가
좁은 고랑 속에서 불타올랐다.

거대한 손가락으로 선명하게 움켜쥔다
내 머리칼 속에 있는 별의 불은.

그리고 어지러이 타올라 뒤틀린 채 근심한다,
네 검은 비가 줄어드는 건 아닌지.

영원히 피로하지 않은 공주여

"영원히 피로하지 않는 공주여, 오렴:
오늘 내 꿈들과 발맞춰 가자!

너의 초록 옷, 나의 붉은 옷—
멀리서 바람이 살랑거린다 옷 속에서, 멀리⋯⋯

내가 약속하지 않았나, 너를 자유롭게 하리라고?
너는 밤이면 외롭다, 혼자 혼자!

달이 하얀 골짜기에서 나와
달아나는 우리를 비춘다.

이미 나는 도착했다, 바람은 잦아들고⋯⋯
내 별은 떨면서 지붕 위에 나와 있다.

까치가 길 위에서 깜짝 놀란다.
정원의 문 옆 난쟁이는 고개를 끄덕인다.

검은 딱총나무에서 향기가 피어오른다:
영원히 피로하지 않은 공주여, 부른다!

너는 네 절반의 불안을 한데 모으고,
걸음마다 흔들린다, 또 흔들린다—

아무도 오지 않는 것처럼 홀로 나는 온다,
네 근심이 더이상 너에게 이롭지 않도록.

항구에는 배가 없다, 배가 없다,
그리고 길 위에는 암초에 또 암초가.

또한 푸른 만에 머무른다
내 비행은 네 숨이 나을 때까지만.

반짝이는 길이 나에게는 익숙하다
그리고 영원히 피로하지 않음이 나의 신부다!

이 휴식에게로? 저 쉼으로?
쉼은 나다, 휴식은 너일 것이다!

그곳에 노란색 작은 별이 떨어졌는지?
내 심장이 다채로운 놀이에 대해 무엇을 알겠는가!……

영원히 피로하지 않은 공주여! 오렴:
오늘 내 꿈들과 발맞춰 가자!"

어스름

모든 거울은 졸리지,
거울의 눈길이 저녁과 마주친 후로.

그대, 은빛의 놀이여,
너는 거울의 향기를 너무 많이 마셨다;

거울의 빛으로부터 너를 풀렴,
아직 장미의 주문呪文을 말하는 그 빛으로부터;

장미의 반지로부터 너를 휘감아두렴,
장미의 눈물의 몸짓을 피했으면……

이제 달콤하게 내 더듬거림 속
네 속눈썹에 젖은 짐을 올려두렴.

내가 감지하는 것: 우리 가라앉는가?
멀리서 온 누군가 여기에 있다……

모래남자

고요: 나는 마치 밤바람처럼 온다
비의 빗줄 위로 오라,
소리 없이 느리게 걸어서,
꿈 아래 그대들을 인도하기 위해.

그대들은 내 나부끼는 수염을 붙잡는다……
그대들은 별들과 함께 놀 수 있으리……
그대들은 모른다, 내 여행이 얼마나 힘겨웠는지,
그리고 얼마나 많은 별이 떨어졌는지……

그대들은 온종일 그토록 외로웠는가?
내가 다시 오지 않는가, 다시?
어떤 근심도 우리는 나눠 가지지 않는다……
나는 그대들의 눈꺼풀 위에 잠을 흩뿌리네……

내가 늦게 왔는가? 나는 땅을 건너가야 했다
그리고 자주 갈림길들에서 기다려야 했네,
그대들이 벽에 서서 보랏빛 여행을 위해

채비하면서 나를 느낄 때까지⋯⋯

· ·

그대들 어지러운가, 나는 밤바람처럼 온다
비의 빗줄 위로 오라,
소리 없이 느리게 걸어서,
그대들을 조심조심 집으로 인도하기 위해⋯⋯

발라드

내 핏속에서 숲은 안개가 자욱하다:
어느 푸른 왕이 말을 타고서 소리쳐 부른다—
붉은 노루들은 경악한다……
그들의 별은 홍수 속에 더 깊이 잠긴다;
봉오리들은 눈물의 향기를 쏟아붓는다
꿈에 숨겨진 짐승들 위로.
바람이 가지 너머로 어둠을 분다,
푸른 왕이 몸서리치며 꾸짖도록.
그의 화살들은 이미 시드네, 안에서……
고통이 그의 조급함을 통과해 무겁게 나부끼네:
어쩌면, 그는 하얀 야생동물을 찾고 있을지도
왕비들 가운데 마지막 왕비를 위해……

죽은 자

별들이 그의 눈길을 몰아쳤다:
별들의 가시가 그의 운명 속으로 들어섰다,

그가 풀들을 움켜쥐는 것
그리고 그의 심장이 바람 곁에서 미끄러지는 것,

덤불이 그를 사냥하고 붙잡고
밤이 그와 어울려 지내는 곳은 어디인가?

귀뚜라미들이 방어했네—
이제 귀뚜라미들은 없네……

양귀비가 얼굴에서 피를 할퀸다:
─무릎을 꿇고 마시고 지체하지 마라!

너의 은은한 빛, 너의 은은한 빛
영원히 다가오지 않는다, 영원히 다가오지 않는다……

너의 침묵, 너의 침묵
가지들에서 뚝뚝 떨어진다.

까마귀들이, 까마귀들이
놀라고 엿듣는 것.

그러고 나면 재빠른 이들이 열중한다
눈물을 붙들기 위해.

하지만 많은 이는, 하지만 많은 이는
놀이를 하면서 죽어간다.

너의 은은한 빛, 너의 은은한 빛
영원히 다가오지 않는다, 영원히 다가오지 않는다……

자정 전

내 밝은 폭풍:

바깥으로

바다 위로, 바다 위로, 바다 위로!

황금으로 된 거룻배들 기다린다,

보랏빛 향수로 지은 돛을 달고─

조타기에 손을 올려 흔들어라

쫓아가라

모두 절벽에 있는 어둠 속으로!

나의 호흡, 그대들의 닻,

해초를 잡아 뜯고 찢어라─

그대는 듣는가?

조개들은

침묵하네……

물결은

기적을 기다리네……

조용히, 연인이여, 조용히:

우울은 자갈돌 위를 발을 끌며 걷는다;
구름 속에서
비틀거리는 메아리가 기어오른다,
비가 가로막았던,
위로했고 놓아주었던 메아리.
저녁의 꽃봉오리를 피우는 손가락들이
덤불의 하프 속에서
황금빛 노래를 붙잡는다.
비둘기떼가
서둘러 이리로 온다,
떨면서 은빛 놀이를
시작한다,
고리를 네 목에 감았다가,
빼앗아가는 놀이를.

항해하는 고요가
별이 빛나는 만에 정박한다.
라일락의 시간들은
붉게 물들어 흘러내린다:
"풀렴, 사랑하는 이여, 네 머리칼을;

우리 안에서는 계절이 요란하게 울리고 있어,

우리의 어두운 향기는 비처럼 달콤하지

너에게로 가는

길 위에서."

나비들이 무장한다

그들의 밤을 위하여.

너는 아직 망설인다:

붉은 튤립들은 비로소 여기에 있어야 한다

그리고, 이슬이 무거워지면,

고개를 숙일까?

숨이 서두른다:

꽃들이 그래 무슨 소용일까?

이미 땅은 몰아넣고 있다

불안을 더 빠르게 야생의 포도주 속으로,

문 앞에서 느즈러진 포도주……

곧 모든 부름이 지워질 것이다.

LES ADIEUX*

동경의 반만큼 울리는 나비:
튤립의 꽃받침에서 밤이 북을 두드린다
그리고 숙성해가는 구름들이 포도주다!

이제 내 피는 무엇이어야 하나?

비둘기들과 이슬이
삶이었네.

비둘기들과 이슬은 또한 죽음이네……

아 풀들이여, 그대들 별의 줄기:
어떤 바람이 그대들을 잡아채는가?

* '작별' '고별'을 뜻하는 프랑스어.

낯선 형제들의 노래

우리 암흑. 우리를 위하여
골짜기들이 그들의 검은 울림을
중얼거린다,
밤이 부서진다 휘두른
몽둥이에;
우리의 비명이 노래한다
죽은 자들의 속눈썹 속에서……
그러면 우리는 달을 파 무덤 속으로 옮긴다.

그대들을 양귀비가 잠재우는가?

우리의 타격에
자작나무들이 가라앉는다,
밤들의
하얀 뼈는,
함께 재가 된다:
끓어오르며 우리의 주먹들로부터 쉬쉬거린다:
그대들이 꾸는 작은 꿈들의 숨막히는

혼란……

내 수레는 더이상 삐걱거리지 않는다……

달이

골짜기들 속으로 가라앉는다,

분지에서 네 그림을 그린다……

고사리들이 부채질한다

죽은 딱정벌레들에게 고요를……

뿌리들이 서로 안는다……

뤼베찰*은 잠잔다……

밤은

더이상 울리지 않는다……

숲들이 구름에게 손짓하네……

콜키쿰**이 수천 번의 가을을 위해

숨을 돌리네……

* 슐레지엔 지방의 설화나 동화에 등장하는 산의 정령.
** 백합과의 여러해살이풀. 가을에 잎이 나오기 전에 꽃이 핀다.

사시나무의 심장이
멈춘다.

눈물

밤이 푸르러진다.

나는 모든 불빛을 불어서 껐다.

나는 어둠을 통과해 뛰어올랐다.

나는 나락 속의 별과 함께 웅웅거렸다.

가지들 속으로 나는 휩쓸려들어갔다:

네 묵직한 머리칼, 먼 족쇄.

네 고통스러운 발걸음, 푸른 세계.

네 어두운 추락, 나는 내 심장을 내민다.

그건 라일락이 아니었네, 너는 라일락을 원했지.

그건 밤바람이 아니었네, 절대 밤바람이 되지 않지.

그건 노래들이 아니네, 노래들은 나를 바꾸지 않지.

그건 동경이 아니네, 그건 비雨네.

암흑

고요의 유골단지들이 비어 있다.

가지들 안에
검게 고인다
말없는 노래의 무더움이.

시간의 말뚝들은
낯선 시간을 서툴게 더듬거린다.

날갯짓이 소용돌이친다.

심장 속 올빼미들은
죽음을 맞는다.
네 눈 속으로 배반이 추락한다—

내 그림자는 네 비명과 다툰다—

동방이 이 밤을 향해 연기를 피운다⋯⋯

오로지 죽음만이

반짝거린다.

막간극

어둠 속으로 뛰어올라라: 실크가 너를 잡는다:
검은 누이여, 그 안에서 놀아보렴!

세계의 조각난 거울을
밤이 불타오르는 벨벳으로 감싼다:
야생의 누이여, 그 안을 헤집어보렴!

별의 목소리들이
그들의 겁먹은 은銀을 쏟아붓는다:
네 속눈썹은 이슬을 찾고 있었다……

붉은 공 하나
(달인가? 낯선 무용수의 심장인가?)
네 옆을 지나가며 피 흘린다―

벨벳이 타오른다, 네 미소를 너는 다발로 묶는다:
누가, 누가, 누가
하얗게

분지의 글로켄슈필*을 향해 발을 내디뎠는가?

* 금속제의 음판을 채로 두드려 연주하는 악기.

어둠으로부터

전사들이
달 속으로 창을 찔러넣었다.

피 흘려라. 양귀비도
피 흘린다.

그리고 네게로 가는 다리들, 누이여, 그들이 박살내버렸다.

더이상
시간들의 속삭임은 주위에 없다……

더이상
그것은 네 움트는 가지가 아니다……

늦게
나는 무릎을 꿇고 부르며 거울 속의 환상에 불을 붙인다.

가시관

보랏빛을 포기하렴.

밤이
시간의 심장박동을 마침맞게 두드린다:
시곗바늘들, 두 개의 창,
밤은 너의 눈 속을 타는 듯이 꿰뚫는다.

피의 흔적은 거무스름해져 눈짓하지 않는다.

네 저녁,
호수의 너울을 벗은 표정,
드문드문한 갈대 속으로 가라앉았다;
천사가 군대를 무찔렀다
군대의 발걸음에 천사는 지워진다.

숲속에서
바람의 칼이 새겨넣는다
물푸레나무에 네 기품 있는 상喪을:

밤바람으로 네 품에 나를 숨겨주렴.

물푸레나무의 품안에서 나는 너에게 이별을 위한 별을 점화
한다.

머무르지 마라, 더이상 피어나지 마라.

눈雪의 빛은 꺼졌고, 모든 벌거벗은 것은 혼자다……

나는 밤에 말을 타고 갔네, 나는 돌아오지 않네.

삶의 노래

밤의 딱정벌레들이
온다.
그들은 네 손 위에서 세계를 떠돌아다닌다.
한줄기 바람이 너를 비스듬히
골짜기 위에 뉘어놓았다.
너는 다리고 너는 그걸 모른다.

그렇게 잠자라, 자라: 속눈썹은 더이상 기호가 아니다.

한줄기 바람이 너를 비스듬히
골짜기 위에 뉘어놓았다.
너는 다리다, 하지만 너는 그걸 모른다.

밤의 딱정벌레들이
온다.

피로

저 빛, 딱정벌레들의 세계는
        내 손 옆을 재빨리 지나간다.
내 벗들이여, 내 잠자는 이들이여:
        내 붉은 나라는 어디로 잠기는가?

그대, 몰락 모두를
        커다란 단지 속에 모으는,
바라보지 마라, 내가 어떻게 무너지는지
        나를 짊어진 깊은 곳으로.

내가 섬겼고 더이상은 쓸모없는 세계,
        도취와 포도로 이루어진 세계에서,
네 갈빛 머리칼은 내 삶에 머물러 있다.
        그리고 내 죽음은 네 초록 눈이리.

저편에서

거울로부터 나는 너를 거울 없는 땅으로 잡아당긴다.

여기. 여기: 가지 하나:

네 팔을 가지 주위로 구부리렴.

형상은 더이상 없네. 그리고 그림자도 없네.

그리고 그림들은 영원히 없네.

오로지 네 머리칼을 지나가는 바람 바람 바람들만.

오로지 네 심장을 지나가는 발걸음 발걸음 발걸음들만.

그전에 있었던 것이 이제 우리로부터 가라앉았다.

이제 노래로 간청하는 것은 더이상 없다.

어둠으로 속이는 것도 더이상 없다,

네 거울 속에 나 또한 더이상 없다.

오로지 네 심장을 지나가는 발걸음 발걸음 발걸음들만.

오로지 네 눈을 지나가는 단도 단도 단도들만.

시간으로부터

억지로

수수께끼를 풀기 어려운 우리

동경을 우리에게서 빼앗았다.

밤의 표정이 일그러져 있다.

비밀스러운 것은 더이상 없다.

내년 봄의

꽃들, 꽃들은

우리를 찾아내지 않는다.

별들로부터 흩날린다, 너의 초상이,

기이하게 흩날린다:

그렇게 가라, 그렇게 비의 길들을 나와 함께 가라.

하얀 것은 튤립들: 내 위로 네 몸을 기울여라.

밤은 바람을 부채질하는 손들과 바꾼다.

말하라:

나비들이 떼 지어 날까?

말하라:

내 입은 유일한 꽃받침이 될까?

그리고 너는 장미색의 희미한 빛 앞에서 눈을 감는다?

말하라?

왜냐하면 이번에는—느끼는가?—내 팔이 너를 더이상

이 세계에 내버려두지 않을 것이기에……

하얀 것은 튤립들: 내 위로 네 몸을 기울여라!

먼 곳의 연노란 빛. 이파리들을

저녁이 졸고 있는 손가락으로 골똘히 생각한다,

정원의 그림들 속에 풀어놓는다

네 밤의 늦은 별을.

그를 믿지 마라. 그를 멀리하라.

문 너머로

갈까마귀들이 조용한 덤불을 향해 떼 지어 날아간다.

먼 곳의 연노란 빛…… 어떤 박명을

우리의 시간이 피해가나? 같은 기적이

등을 돌리고 더듬거리며 찾는다

파랗게 빛나고 있는 만취를:

누구도 아닌 이의 잔에서

나는 독을 마셨네.

하지만 거인이 잠을 청하기 위해 마시는 술에 잘못 빠져,

나는 희미하게 빛나고 있는 딱정벌레들에게서 시력을 훔치네.

CLAIR DE LUNE*

달.
그리고 우리의 심장들이 새 깃발을 달았다.
내
속눈썹은 네 속눈썹에 건네네
봄을.

거울아,
아 그들 삶의 거울아: 누가
가장 오래 불속에서 무릎을 꿇고 있었나?

우리는 뚝뚝 떨어진다
어느 아픈 이슬로부터……

내 우울은 네 속눈썹에 건네네
봄을.

● 프랑스어로 '달빛'.

33 · Hieroglyphen

Alle die Wände, die sind, sie versanken
lösen den meinesten Tod in den Ranken.
Tritt in den Mond mit den Haken zu zanken.

Haufe, kein Schrei.

Kommen die Riesen mit Riesen zu singen.
Haben eine Hexe in den Nebeldingen.
Wer ist im Fels? Wer schießt? Wer wird singen?

Laß mich vorbei.

Aber sie öde, sie abentürisch malten?
Einmal, einer mag blühen und Totenwald halten.
Weiß von dein Wandeln, weiß von dein Walten.

Lösche den Traum.

Tritt in den Mond mit den Haken zu zanken.
Lösen den meinesten Tod in den Ranken.
Alle die Wände, die sind, sie versanken...

Trau mit mir Bäume.

육필 원고: 「상형문자」(본문 68∼69쪽)

상형문자

손들 모두: 그들은, 가라앉았던 것들,
덩굴 속에서 투덜거리는 죽음을 풀어낸다.
까마귀와 다투기 위해 달 속에 나타나렴.

하프여, 네 비명이여!

거인이 거인과 함께 씨름하기 위해 오리.
어떤 심장은 안개의 일들 속에서 다투리.
누가 바위 속에 있나? 누가 죽는가? 누가 노래할 것인가?

나를 통과시켜라.

하지만 이 저녁바람을 그리던 가지들은?
―하나는 꽃을 피워 죽은 자를 지킬지도.
네 변화는 하얗다, 네 존재도 하얗다.

꿈을 진정시켜라.

까마귀와 다투기 위해 달 속에 나타나렴.

덩굴 속에서 투덜거리는 죽음을 풀어낸다.

손들 모두: 그들은, 가라앉았던 것들……

나와 함께 얼어붙어라, 나무여.

검은 왕관

얽히고설킨 상처에서 나온 피로
너는 네 가시를 적신다;
웅크리고 앉아 딱 달라붙은
불안이 모든 어둠을 다스리리.

내 헤매는 손들을 깍지 끼리.

모든 기쁨, 모든 경건함
나는 노래하면서 네게 오는 것을 보았다.
너는 그것들을 손도끼로 쳐죽였다.
오 네 화살촉의 독이여.

내 흐린 눈들을 낮게 하리.

바람들 속에서, 매서운 바람들 속에서,
너는 다정한 하프를 모두 찢는다.
너는 낮의 달콤한 이슬을 밟는가……
누구의 걸음인가—비탄의 울림인가?

내 흩날리는 손더듬이를 짊어지고 가리.

과묵한 이들과 함께, 많은 과묵한 이들과 함께,
너는 낯선 폭풍들이 연주하게 한다.
정적 속으로, 드넓음 속으로,
너는 네 불타오르는 장작들을 던진다.

내 조용한 잠들을 준비하리.

빗속에서

너 밤의 부서지는 목소리와 함께

분지에서 쿵쾅거리는 심장:

네 놀란 댄스스텝이 가볍지 않게 말한다,

내가 어느 죽음에 빚을 졌다고,

내가 마치 하프연주처럼 왔고 오랫동안 나를

양귀비밭에서 어둠으로 둘러쌌기에;

내가 그것을 은빛 지팡이로 건드렸기에,

피 흘리게 해서 가라앉았기에?

무명 無名의 땅이 내게 충고했을 때까지.

(나는 이제 더이상 그 땅의 향기에 속지 않는다.)

나는 곧 그 땅이 침묵하며 간과한 흔적이다:

격언만을 중얼거려라.

회귀선

밤이 파랗게 피어난다: 누구를 위하여? 누구를 위하여?
동쪽에서 우리는 무엇을 보게 되는가?
불의 왕관을 쓴 울타리는
무기에게 다시 춤추기를 명했다.

내가 잠자라고 명령했던, 젊은 아가씨는,
심장으로 강철을 두드린다.
달은 바라본다—**누가** 달의 목을 베었나?—
내 영혼이 물을 길어올리듯.

내가 피로 가장자리 장식을 단 세계는,
아무도 돌아오지 않았는지 하얗게 경계한다,
손으로만 그리고 머리칼로만 이루어진,
심장의 달콤한 구세주였던 그.

곁에서 불이 핥고 있는, 집에서,
나는 장미의 시간을 발견했네:
그 시간은 자고 있네, 내 주먹들에 시들어,

들보 속의 사랑의 잠을.

너에게 저세상에서 나는 턱 밑에 그려준다

나 스스로인 상처를.

내 재가 너의 것과 같다면,

네 진실의 나라가 어쩌면 생겨나리.

죽은 자의 중얼거림

타냐*를 위하여

딱정벌레의 빛에 밝아진
우리의 동공은 맑다.
진흙으로, 헝클어진 머리칼로
우리는 계속해서 세계를 지어올린다.

눈물의 좌우명: 가라앉아라!
(땅, 그대 노래하는 벨벳!)
재와 쇠사슬고리,
우리에게 장례미사를 거행하라.

나무로 된 팔을 가진 사형집행인은
탑 속에서 우리 그림자의 목을 벤다.
시종이여, 아 시종이여······ 불쌍히 여겨라
너를, 벌레여.

* 첼란의 체르노비츠 시절 친구인 타냐 아들러.

노투르노•

자지 마라, 주의하라.
노래하는 발걸음으로 포플러는
군대와 함께 나아간다.
연못들은 모두 네 피로 물들어 있다.

그 안에서 초록의 해골이 춤춘다.
하나가 구름을 쓸어가지, 뻔뻔하게도:
비바람에 상해서, 사지가 잘려서, 얼음이 되어서,
창에 찔린 네 꿈은 피를 흘린다.

세계는 진통에 시달리며
달밤에 벌거숭이로 기어들어오는 짐승이다.
신은 그의 울음이다. 나는
공포에 질려 얼어붙는다.

• 녹턴. 야상곡.

스텝의 노래

마치 저녁의 눈짓 같은 네 눈길은 어디에 있나,
내가 열중하고 있는 눈의 유희를 붙잡았던 그 눈길은?

은은한 빛을 내며 묵묵히 무리에서 나와 너는 누구를 쫓나?
누가 비 오는 밤의 녹을 네 머리칼에 섞는가?

스텝의 바람이 쓰다듬는 누구를 아프게 해서,
나는 바람의 정적 속으로 손을 뻗는가?

또한 서약을 지키는 자는, 누가 되는가?
어디가, 말하라, 고향이었나, 그리고 무엇이, 말하라, 세계였
나?

불타오르는 스텝—내 외투, 내 용기:
나의 상을 그의 어쩌할 바 모르는 피 속에 불붙여라!

길 위에서

밤은 우리의 사슬로 우리를
그 붉은 폭풍 속에서 들어올리지 않는다……
어떤 목 조르는 황무지가
탑들 안에 격자를 엮어넣는가,

탑들은 누구의 구름주먹을 부수었는가?
이제 구름주먹의 명예는 다시 상처다……
누이여, 낯선 단지에서 나온 위로로부터
시간이 흐려진다.

속눈썹 없는 웅덩이에서
스텝의 눈길이 우리를 향해 나부낀다:
무엇을 스텝은 부수는가? 무엇이 저항하는가?

무엇이 비가 되는가?

육지

어둠 속의 누이여, 약을 건네주렴
하얀 삶에 그리고 말없는 입에.
네 주발에서, 그 안에 물결 있으리,
나는 산호바닥의 은은한 빛을 마신다.

나는 조개를 긷는다, 나는 노를 들어올린다,
땅이 허락하지 않았던 자에게서, 미끄러져떨어졌던, 노.
섬은 더이상 푸르러지지 않는다, 내 어린 형제여,
그리고 영혼만이 해초줄기를 잡아당긴다.

그러고는 기이하게 저 종이 울린다 아니⋯⋯
그러고는 깊은 곳의 향유가 떨어진다, 내 낯선 이여⋯⋯
누구를 높이기 위해, 나는 무릎을 꿇었나?
셔츠 아래 어느 상처에서 나는 피를 흘리나?

내 심장은 그림자를 드리운다, 너의 어느 손이
사라져버리나, 내가 방어하며 골라낼 때까지:
나는 더이상 구릉지로 오르려 하지 않네.

저 바다의 별들에 매달려라, 내 영혼이여.

여기 우리 곁에

추락하는 집들 아래
구름의 둥실거림이 놓였다;
하늘을 향해 서두르는, 기사 앞에,
말馬들을 지탱하지 못하는, 다리;

카네이션의 속눈썹을 다발로 묶기 위해,
앞발, 머리통을 걷어차버렸다;
뿌연 눈물을 맑게 하기 위해,
안개의 지하감옥에서 나온 눈;

나락 위로 둥실거리기 위한,
날개, 비행은 실패했다—
바람 속에서 네 심장을 들어올리기 위한,
손, 부채 앞에서 터져버렸다.

자장가

나비들과 함께, 밤과 함께
나를 너의 잠 속으로 들여라:
　　　네 위에서 나는 깨어나는
　　　말없는 호흡,

거울이 너무 늦지 않게
네 시간을 화려하게 장식하고 알리도록,
　　　달이 와서 흩날리면,
　　　네 머리칼을 불태우지 않도록,

네 눈꺼풀 아래서 본다,
어떤 낯선 이가 그것을 숨기는지 ―
　　　네 위로 나는 몸을 기울여야 한다,
　　　달이 계속 움직이면……

그리고 나서 네가 손을 올리고
어둠을 축하하면, 더 자유롭게,
　　　나는 속삭이는 너울이다,

그 너울에서 너는 낯설게 둥실거리며 떠나간다.

인형놀이

고통스러운 증거의 땅에서 이 삶은
누구에게 나무가 된 결정을 가져가는가?
세월이 평지로 원을 끌어당기네.
인형들 옷 주위로 고요히 꽃이 피네.

고삐 풀린 어릿광대와 뻔뻔한 고양이;
정적 속의 아가씨, 바다에서 온 해적:
모두를 위대한 인형아버지가 돌봐주네
철삿줄, 채색 그리고 타르로……

그것으로 잠자고 있는 느낌이 그들에게 그려 보인다
눈물의 그리고 타오르는 손짓의 세계를……
그리고 단 한 번도 그들에게 무대는 후덥지근하지 않다.
질 나쁜 바람에도 그리고 질 나쁜 화장에도.

하지만 많은 이에게는 때때로 나무 밑에서 떨린다네
종이와 풀로 이루어진 커다란 심장이.
그런 다음 기이하게 아프도록 그들 인형들의 자부심이

철삿줄에 그리고 장인匠人에게 저항한다네.

그런 다음 그들의 손이, 그들의 무릎이,

다만 무겁게 그 많은 낯선 신호를 계속 준다네,

그 신호는 모두 다른 것, 그래도 그들만이,

흔들거리는 야곱의 사다리로 가는 그들의 길 위에……

철삿줄에 매인 손에서 주사위 사랑이 굴러가버린다.

유리눈 하나가 주사위를 바라본다, 환희에 차 시기하며.

그러고서 말없이 묻는다, 아무 미소도 남아 있지 않은지,

거짓 없고 결점 없는 인형들……

때때로 하지만 그들은 그들만의 놀이를 한다……

(그러면서도 그들은 즐거울까, 놀이를 해도 괜찮아서?)

'우리는 기만에 대해 많이 너무 많이 알지:

그대들은 세계의 포도주를 마시기 위해서 우리에게 무엇을

주는가?'

· ·

아홉 배 용감한 자가 지금 가지에 매달려 흔들리고……
바람은 아침놀 속에서 비틀거린다……
붉은 곱사등으로 무대에서 인사한다
원숭이 삶과 원숭이 죽음이.

가을

겁을 내며
물푸레나무 이파리들과 함께 가라앉는다
떼구름이 불평하는 자의 수레 속으로.

세월의 자갈이
서두르는 형제의 신발창을 할퀸다.

여기 그리고 저편에서
얼굴과 애스터가 어두워지는데.
속눈썹과 눈꺼풀은 눈의 위로를 그리워하네.

바뀌고 있는 밤들에
너에게서 너에게로 나는 흩날린다.

한밤중

고요가 헐떡거린다. 남풍이 그렇게 애를 많이 쓰니?

오라, 카네이션이여, 내게 관을 씌워라. 오라, 삶이여, 피어
나라.

거울 속 **누가**? 무엇이 변하나? 술수는 그만둬라.

누가 엿듣는가, 얼마나 조용한지, 누가 보는가, 네가 얼마나
흰지?

어둠이 방랑하네. 밤은 비명인가?

싸운다! 사슬에서 자유롭게 빠져나온다!

네 개의 긴 칼이 별 하나를 사냥한다.

계속해서 소용돌이친다. 기적이 깨어서 날뛴다.

그곳에서 자라나네. 밝은 집을 통과해서 쪼개지네.

그리고 우리의 영혼을 노래하며 부채질하네.

나란히

모든 시간을 너는 밝은
단도들과 논다 그리고 낮은 오지 않는다.

거룻배들을 타고 나는 달아난다, 빠른 것을 타고;
들어라 내 피가 얼마나 격하게 놀랐는지를.

여명 속 네가 너의 손들에서 들어올린다
속삭임을 그리고 세계가 지워진다;

시들어가는 영토 속 발걸음으로
나는 안개의 집에서 너를 찾는다.

너는 무엇을 짐작하는가, 너를 연마하는
어둠으로 베일을 쓸 때?

네가 어둠을 그러한 우울과 더불어 축하할 때,
나는 산다, 네 눈길이 나를 스치므로.

거룻배들을 타고 나는 달아난다, 빠른 것을 타고;
들어라 내 피가 얼마나 격하게 놀랐는지를!

모든 시간을 너는 밝은
단도들과 함께 논다. 그리고 낮은 오지 않는다.

주문

포도주와 같은 비雨아가씨의 피,
오리나무들을 잠들게 하라.
별의 옷 속 세계의 바람은,
어둠에게 소식을 가져온다.

은빛늪과 은빛갈대,
장미의 문을 통과해서 그대들을 훔친다,
눈꺼풀을 위하여 이슬을 데려온다,
은빛갈대와 은빛늪.

모든 우묵한 손 안에서 조용히,
왜가리여, 보랏빛 해변이 떠오른다.
너에게서 장관壯觀을 훔치고 낮을 빼앗아라
그리고 진주다리를 두드려라.

잠의 난쟁이

나무로 지어진 성전들에
난쟁이 하나가 영원한 불을 준비한다.
모든 격분한 것을 묻어버렸고
이제 마지막으로 달아나는 얼굴마저 숨긴다.

그런 다음 영혼들의 대팻밥이 쌓인다.
그런 다음 자신의 대팻밥은 가물가물 탄다.

꿈 없이 그를 향해 구름 옆에 구름이 잇따른다.

"나는 내 앞의 언덕에서 네 심장이 창백해지는 것을 보았다.
네 눈은 낮의 눈멂이다;
내 시듦은 눈멂의 깨어남이다."

횃불행진

동지여, 횃불을 올려라,

  그리고 강건하게 발을 내디뎌라.

멀리 있는 것은 철망뿐.

  그리고 땅은 진흙이다.

동지여, 횃불을 휘둘러라,

  내 횃불은 연기가 피어오른다.

그대의 영혼은 지금 불이 필요한,

  무엇이다.

동지여, 횃불을 내려라,

  그리고 꺼라.

삶이 어떤지 생각하라.

  그리고 죽음은 어떤지도.

이제, 어머니, 우크라이나에 눈이 내립니다:

수천 근심의 알갱이로 만들어진 구세주의 왕관.

여기 내 눈물 가운데 당신에게 닿는 것은 한 방울도 없어요.

과거의 눈짓 가운데서는 의기양양한 무언의 눈짓만이……

우리는 이미 죽습니다: 무엇이 당신을 잠들지 못하게 하나
요, 바라크에서?

또한 이 바람은 마치 쫓기는 자처럼 빙글빙글 돌고 있습니
다……

슬래그 속에서 얼어가는 것이 그들입니까—

심장의 **깃발**과 **촛대**의 팔입니까?

나는 암흑 속에서 같은 사람으로 머물렀습니다:

부드러운 것은 구원받고 날카로운 것은 모습을 드러내나요?

내 별들로부터 다만 나부껴 지금도 끊어집니다

요란한 하프의 현들은……

그 옆에 때때로 장미의 시간이 걸려 있습니다.

꺼져서. 하나가. 언제나 하나가……

어머니, 그것이 무엇이었을까요: 성장일까요 아니면 상처일
까요—

나는 우크라이나의 흩날리는 눈 속에 함께 가라앉았을까요?

하나

날카로운 독이 묻은 칼날로
둥둥 떠다니는 영혼을 할퀴기 위해
그는 가벼이 흙덩이를 넘어간다,
희미한 빛을 내는 해골들이 구르는 곳.

그는 죽어가면서 맹세했네
구름을 피하기로,
그때 한낮이 시계 속으로 몸을 던졌다,
그를 위한 삶을 결정하기 위해.

그리고 그, 갑옷을 입은 유골,
그 길을 걷기로 결심했네,
그리고 이제 밝은 흐느낌을 통과해
더 밝은 칼날이 미끄러지게 한다.

말하자면, 그 안에서 당신의 그림이 내게 불타올랐던,
구름을 이제 내가 피한다면,
그림 없는 땅을 알고 있었을 뿐인,

더 조용한 슬픔은 나에게 무엇인가?

바벨의 물가에서

다시 어두워지는 연못가에서
너는 중얼거린다, 목초지여, 상심해서.
아프거나 신비롭게:
비슷한 것은 없는가?

네 발톱이 잡아 뜯는 이를,
죄 가운데서 찾는다.
네 불붙음에서 뒤집힌다,
불꽃이 타오르는 주먹.

너 무서운 굉음과 함께 찾아오라
웅크린 오두막을.
와서 우리에게 피를 쏟아부어라.
진흙을 해방……

숲

담쟁이덩굴 속, 늘푸른나무 속
네 은은한 빛이 다시 피어나려 하네.
    곧 여기는 더 흐려진다:
    나를 네 너머로 펼칠까?

비의 빛이 점화된다
저주도 아니고, 축복도 아닌.
    소리 없이 밝아지는, 성배:
    무엇에게로 잠의 세계는?

내가 언덕에서 날라왔던 것이
날갯짓에 내게서 사라졌다.
    그것을 고사리들이 불렀는가?
    뚝뚝 떨어뜨리고 숨기는가……

담쟁이덩굴 속, 늘푸른나무 속
네 은은한 빛이 다시 피어나려 하네.
    곧 여기는 더 흐려진다:

나를 네 너머로 펼칠까?

변화

예전에 네가 여기 존재하기 전처럼
지금은 더이상 가시자두가 피어나지 않는다.

원추圓錐꽃차례, 손짓하는 산형繖形꽃차례,
더이상 산의 요정에게 순종하지 않는다.

피리로 풀의 졸음을 붉게 물들일
용기가 나는 더이상 없네.

그리고 소리 없는 해시계들의 흔적을
더이상 쫓지 않네.

이제 나는 세계 속 그리고 옷들 속
주름의 마법을 변화시켜야 하네.

머리핀을 위하여 반지를 위하여, 나는 무엇이 필요하나,
내가 변화에 성공하려면?

더이상 피어나는 가지로 나는
이 세계를 내게 기울일 수 없네.

오히려 내 집을 빙 둘러
뿌리를 뽑아내네.

너는 그걸 본다

아직 더디게 환한 느낌을 준다
장미가 비의 옷 속으로:
장미는 너에게 이파리를 나눠준다,
구릉지로 너를 안내해줄 물결을 위해.

네 상처에서 소금이 자라난다,
숨겨진 열매가 달린 나무 한 그루:
겨울의 시간 속 아몬드:
네 눈을 찾는 눈동자.

숨결이 있고 더 조용한 이는 아무도 없었다,
하지만 구역은 잎으로 채워지네.
너는 네 머리칼에 마치 잔가지처럼 불을 붙인다
그리고 너는 너에게로 타내려간다.

미끄러져떨어진 것, 내 카네이션에서 받아라.
그리고 내 밤들의 구리를 두드려라.
높은 탑들 옆으로 와서 기어올라라.
구름을 도와라. 담쟁이덩굴을 떠받쳐라.

걸음걸음에 위험이 드러났다.
황금은 밀려났다, 안개는 더 무르익었다.
내 심장과 함께 비가 많은 해에 깊숙이,
내 안에서 물떼새의 세계가 시작된다.

시간의 하얀 아마포 와서 다발을 드리워라.
파란 계절은 지워졌다, 드러난 것들이여……
네 밤을 내 우울에 기댄다.
네 손으로 내 눈을 위로한다.

낮의 위로가 너의 손 안에서 휴식한다.

이제 내 입이 낮의 위로를 거두어들인다;

위로를 빛으로 쌓아올린다, 어둠을 피하기 위해,

네가 침묵하며 검은 눈으로 위협하는 어둠.

시간의 노래가 네 볼에 불을 지핀다.

이제 내 입은 시간의 노래를 들쑤셔 불씨를 일으킨다.

그리고 가라앉는다, 상처 입고 네 목 옆에서 근심하기 위해,

내 숨이 선명하게 그리고 아프게 네 앞에서 무릎을 꿇으면.

밤들의 궁핍이 네 가슴 옆에서 불타오른다.

이제 내 입은 밤들의 궁핍의 불을 끈다.

그리고 내 피는 네 해안으로 밀어올린다,

마침내 우리의 무거운 동경이 타오르는 곳.

"소리 없는 것, 사랑스러운 것, 가벼운 것:
싹트기 시작하는 먼 미래를 참회한다."

"내가 단지에서 밤을 쏟아부었어."
"그 안에 든 밤은 충분하지 않았지."

"내가 보랏빛 풀들을 꺾었어."
"그래 달에 사는 난쟁이의 고개를 끄덕이게 했지."

"내가 희미하게 빛나는 종을 괴롭혔어."
"그래서 외로운 종지기는 그걸 골랐지."

"내가 가라앉는 두 손에 물을 뿌렸어."
"기어오르는 주먹들이 피어날 거야."

불면

밤의 곡식을 베고 난 뒤의 들판 너머
나는 제멋대로 저기 네 영역으로 흩날린다.

탑들에서 외쳤던 이는, 죽임을 당했다.
나에게 고통이 비추어졌고 네 앞에서 나는 같다.

내가 후덥지근함을 선사한 곳, 이미 덤불이다.
이 심장박동을 늦출 힘이, 아무에게도 없나?
나는 격언을 알고 너는 독毒을 알지.
둘을 위한 꽃받침은 내 손가락으로 초록빛을 띤다.

봄의 아름다움은 절대 아니네, 빛과
가벼이 놀던 것이. 그들은 사네, 암흑을 가려내는 것으로.
밝은 심장들을 안개요정이 데려오네,
각각 그 앞에서 제 춤을 추라고.

잠시 이 마력에서 벗어나,
너는 근심하며 들여다본다 저 파란 눈 속을.
네 우울과 함께 너는 종종 거기에 매달려 있네……
감추지 마라, 내가 잊음에 능하다는 것을.

그렇게 나는, 네 입의 가르침을 받고,
검은 쐐기풀에서 빛처럼 달콤하게 타오르게 되리.
그리고 네 눈이 내 안에서 밤을 증식하기에,
죽음은 그저 우리를 취하게 하고 우리를 떼어놓으리.

현악기 연주

매듭을 지어라, 내 손가락이여, 불을
하프 속으로, 하프의 머리칼 속으로.

정적이 아니었네, 네 손도 아니었네
주름진 옷 속 어둠을 끈 것은……

서향瑞香이 어땠는지 생각하렴.

단지들 안에 시간이 빛을 쌓아올린다.

(자장가—무엇을 침묵하나?
거울—누구에게 너를 보여주나?
별자리—어디로 올라가나?)

하지만 꿈, 꿈은 소란을 빚는다.

이 밤이 내 심장박동이리라.
눈雪의 흩날림은 내 피.

너는 저 너머에서 네

눈꺼풀을 두드리는가, 루트여?

외로움

나는 수천의 하얀 돌들 사이에 산다,
모든 밤이 나를 향해 던졌던 돌들.
나는 그것들을 내 검은 아마포 위에 쌓아올린다.
네가 잠시 들르기를, 나는 여기에서 기다린다.

해시계들에서 나는 시간을 빼앗았네.
그리고 꽃들에만 시간을 주었네.
그걸 꽃들은 내 검은 개들과 나눠 가지네,
그리고 내 딱정벌레들에게 그 개들이 알리네.

궁수에게 나는 화살을 건네주었네.
까마귀들에게는 심장을 대담하게 만들었네.
이제 삶과 함께 서두를 것이 없네.
나는 너를 바라보네, 바다 너머 저쪽으로.

나는 달이 칠 년쯤 늦어지는 걸 안다.
하지만 나는 어떻게든 너를 별과 스치도록,
별들이 혜성처럼 떼 지어 가게 한다,

그리고 내 영혼을 혜성의 꼬리로 매달아두리.

네가 자주 나에게 거절했던, **저 눈길에서**,

나는 삶을 고안해냈고 숲속의 빈터를 생각해냈다……

네가 겪지 못한, 시간이 자라난다

변화와 괴멸로 가득한 눈 속에.

내가 너를 기이하게도 날아서 넘었을 때,

네 눈은 내 날개의 펄럭임에 감겼나?

그리고 내가 너를 향해 저쪽으로 휘었을 때,

내가 그것이었나 아니면 그것은 안개의 덫이었나?

도대체 이 저녁이 우리를 가득 채워줄까?

심장의 모순을 저녁은 저울에 올려놓는다……

하지만 너는 그들 영혼의 꿈을 훔쳤다,

그들이 내 피를 마치 은총처럼 짙어지도록.

나는 안다, 그 속에서 내가 나를 신뢰하지 않는 바위에 대해
서:
아직 시간은 오고 있다, 비둘기떼가 아는 것처럼.
그곳에 누군가 긴장된 눈썹으로 엿듣고
너는 비밀을 털어놓는다.

나는 안다, 내가 믿지 않았던 별들에 대해서:
그건 길이다, 콜키쿰으로 가는 길……
그 길로 누군가 너를 이끈다 고개를 쳐들고.
그리고 너는 잊는다, 얼마나 내가 가까이 있는지.

하지만 나는 안다, 내가 피하는 손들에 대해서도:
폭풍이 아직 오고 있고 심장을 메운다.
그렇다면 나는 네 괴로운 옷을 벗겨내리.
내 바랜 옷 속에서 너는 곤히 잔다.

시간의 변화

심장의 유리 속 기이하게도 초록의 땀,

내 입이 마지막 포도주의 한 모금을 놓쳤나?

'무엇이 안에서 떨고 있나—들어올려 풀어주라,

그리고 흔들어라, 그리고 흔들어 잠재우지 마라!'

밤에 산의 요정들이 벌거벗은 채 달아났다.

(눈물의 사슬이 어떻게 목을 조르는지 이야기하기 위해서?)

그들은 심장의 벽에서 오랫동안 씨름했지,

그리고 자신의 피로 시간을 보증했지……

시간은 하지만 그들을 추월하네, 개의치 않고,

그들이 불꽃 대신 묵주를 센다는 것을……

그리고 시간의 걸음이 부서뜨린 단지들로부터,

네 검은 눈 속으로 내 영혼은 자맥질하네.

세계를 네 눈길 속에 유배시키기 위하여,
내 눈은 잔잔한 바람에 반짝인다,
나는 도끼를 전나무들 속에 찍어넣었네,
보물이 있는 곳에서 파보았네,

나는 매를 날개로부터 찢었네,
먼지가 되도록 오두막을 쿵쿵 밟았네,
단지로 물을 길었네,
오랫동안 이파리와 함께 살랑거렸네,

나는 낯선 걸음에 매달렸네,
나는 알록달록한 천에 감싸여,
안개의 한복판을 통과해 나아갔네,
나는 그윽한 향기 속에 녹아내렸네—

하지만 일그러지고 나서야
나는 침묵하네—그러면 내가 세계인가?

바다의 노래

사랑이여, 내 바다 위에서
내 배는 낯선 표지를 쫓네.
내가 너에게 허락하지 않았던, 바람들,
내가 돛을 내리게 하네.

내가 너에게 열어주지 않았던, 궤,
나는 달리네, 바닷속에 가라앉히기 위해,
내가 바다에 담갔던, 노들,
내가 배를 조종하도록 돕네.

내가 길게 꿰맸던, 그물들,
나는 던졌네, 밤을 붙잡기 위해 —
그러나 기이하고도 능숙하게
네 팔은 억센 그물코들을 푸는구나.

류트에게로

복숭아꽃의 빛이 망설인다,
하지만 곧 네 뺨 주위에서 연주한다,
내 거울 유리가 공포에 질리도록—
나는 존재하고 걱정한다.

내 전령이 내놓는다,
은빛골짜기로부터 나온 달이 긁어모은 밝은 돌들을:
네 벨벳 같은 눈을 아무도 돌보지 않는다—
나는 알고 기다린다.

저이가 제비꽃옷을 입고 오면,
너는 그의 손가락에 반지를 끼워주고,
그의 주위에 네 팔의 비단을 드리워준다—

나는 보고 노래한다.

회상

손들은 어땠는가? 나는 더이상 모르겠네.
튤립들을 잡았지. 그렇게 손들은 이리로 왔다.
튤립들을 떨림이 덮쳤을 때까지.

그때 손들은 놀라 조용히 밤 속으로 물러났지.
그때부터 내 심장이 튤립 곁에서 잠들지 않고 지켰네.
하지만 나는 그 손가락놀이를 잊어버렸네.

하지만 그 머리칼은 어땠는가? 나는 거의 모르겠네.
손들은 때때로 말했지, 이건 마치 꿈같다고.
그래서 나는 내 위로 그걸 흩날리게 했네.

하지만 그때부터 내 근심이 무겁게 그 속에 매달려 있었네,
그녀는 흔들리며 반지에서 그것을 되찾았네.
나는 더이상 숲들을 보기 싫어했네.

그리고 그 심장은 어땠는가? 나는 결코 몰랐네.
언젠가 밤에 낯선 이 하나가 그 안에서 비명을 질렀을 때까지.

118

그를 그녀는 눈물로 지웠네.

그때 나는 저쪽 오리나무로 되돌아갔네.
그 길은 마치 처음처럼 유리로 되어 있었네.
그리고 나는 어둠으로 네 집을 지었다네.

공기

호수 위
네 가지 속에서
왜가리가 나를 불렀다:
너를 가라앉히고 침묵해라.

라일락 속에서 덧없이
나는 엿듣고 반짝거린다.
다시 나부끼지 않는가
주름지게 그리고 축축하게?

원 속의 누구도
우리에게 다다르지 않았다.
모든 것이 가만히 머무른다.
모든 것이 가볍게 머무른다.

나는 너에게, 보렴, 은빛의 심성 옆에서

무언가 내 옆에서 너에게 이르지 않았던 것을 시도하게 한
다······

그리고 타들어간 것 너머로 깜박이며 타는 너를 본다.

그리고 비탈 너머로 바람을 부채질하는 너를 본다.

그리고 나는 비행하는 구름 속에서 실을 잣는 너를 본다.

그리고 외롭게 비의 성에 사는 것을.

그리고 고요하게 숲 가장자리에서 방랑을 시작하는 것을.

그리고 궁정의 수행원들 사이에서 소용돌이치는 것을.

그리고 뒤늦게 엿들을 생각도 내게 떠오른다

어떤 걸음으로 네가 먼 곳에 이르는지.

그리고, 반쯤 우울에서 나온, 반쯤 돌에서 나온,

나는 너를 바라본다, 어떻게 네가 작은 빛을 켜는지.

서둘러라, 내 천사여

별들에 은빛 끈으로
모두가 심장을 묶어놓았다.
서둘러라, 내 천사여, 서둘러라:
하나가 이쪽으로 미끄러져들어왔다.

그건 마치 성문 통로에 있는 갈까마귀처럼 보인다
조각난 거울을 나에게 건네주던 갈까마귀,
내 눈을 숯으로 검게 물들이고,
내 입술을 더 붉게 칠했네,

저녁을 내 손 주위로 펴주었다,
장미를 내 머리칼 속으로 뿌려주었다,
나를 기이하게도 영토 곁에서 들뜨게 했다,
나에게 속삭이며 춤을 요구했다……

나는 부유하는 자가 아니다, 낮게 하라……
오로지 갈까마귀가 나를 가르쳤을 뿐……
서둘러라, 나의 천사여, 서둘러라,

심장이 그걸 절대 알지 못하도록.

진주목걸이

순전히 검은 봄이다
이 진주들은, 아이야.

침묵하라, 나는 진주들을
초록의 어둠에서 구해냈다.
내가 너를 요술지팡이로 건드리면,
기대라, 진주들을 떼어내라.

들어봐: 내가 가져오지 않았던 많은 진주는,
기이하게도 숯이 된단다.

그리하여 위대한 방랑자가 온다 그러므로
나머지 것들을 가져온다.
물의 정령들에게 그는 그것들을 강들로부터 선물한다.

이제 나는 안다, 내가
다른 것들을 가져왔어야 했다는 것을……

이들 다른 것들이 이미 목걸이에서 풀리기에.

먼 곳

검은 우물 그리고 더이상 네 눈은
너의 시아에서 그렇게 사라졌던 이를, 가두지 않는다.
무거운 세계가 탁한 양잿물로 시험해본다,
그에게 제 손들의 기적이 일어날지 아닐지를.

창백한 저녁에서 나온 눈먼 새는
그의 목에 동경의 구슬을 둘러준다,
그가, 밤과 함께 낮 속에 숨으며,
달콤한 흉터의 세계에게로 시들어가도록.

너는 삶이었고 낯선 포도주였다,
　그 속에서 나는 딱총나무의 가지가 드리웠던 것을 알고 있
다……
　어떻게 사람들은 딱총나무 아래에서 잠이 드나?

　영혼은 빈 숫자에 매달려 있다……
　오 달이여, 밤에게 감싸인 사랑의 흉터:
　내가 눈물로 아프게 한 단지, 어디에 머물렀나?

저녁

이것은 어둠인가, 이것은 밝음인가, 이것은 너의 기이한 눈길인가?

안개는 가볍네, 문지방은 가깝네, 조용히 불어 날리는 내 운명.

바람 너머로, 숲 너머로, 기만하는 세계 너머로,

나는 소리 없이 너를 들어올린다, 조용히 너를 붙잡는다, 하지만 이제는 일그러졌다.

하지만 나는 이제, 모든 것이 꺼졌으므로, 더이상 그 그림을 해독할 수 없다.

나를, 가볍고 조용했던 이처럼, 창 없이 방패 없이 무릎 꿇게 하라.

잠자는 연인

어스름의 조직이 자란다: 자라!
어슴푸레한 월계수를 이제 네 관자놀이가 떠받친다.
그리고 아직 아무도 뛰어넘지 못한, 한 사람이,
고대한다, 꿈이 그를 뛰어넘을지.

빈틈없는 눈으로 그는 네 가벼운 배들을 좇는다:
"족쇄가 풀리는가? 풀린 것 속으로 가라앉는가?"
그리고 네 얼굴에서 등을 돌리고 그는 붉은 장미를 위해
운다.

꿈의 소유

그렇게 잎을 영혼들과 함께 두어라.
망치를 가볍게 흔들어 얼굴을 덮어라.
심장에 부족한 박동과 함께,
먼 물레방앗간에서 칼싸움을 하는 기사°에게 관을 씌워라.

그가 참지 못했던 것, 그것은 다만 구름들이다.
그러나 그의 심장은 천사의 발걸음에 덜커덩거린다.
나는 조용히 화관을 씌우네, 그가 부수지 못한 것에:
붉은 횡목과 검은 중심에.

● 세르반테스의 소설 『돈키호테』를 암시한다.

저쪽에서

밤나무의 저편에서야 세계라네.

그곳에서 밤에 바람이 구름수레에 실려오네,
그리고 누군가 여기에 서 있네……
그를 나는 밤나무 위로 실어가려 하네:
"내게는 고란초와 붉은 디기탈리스 있다 내게는!
밤나무의 저편에서야 세계라네."

그런 다음 나는 조용히 쩌르르거렸네, 작은 집이 그러듯,
그런 다음 나는 그를 멈추네, 그런 다음 그는 거절해야 하리:
그의 관절을 둘러싸고 내 부름은 잠잠해지네!
나는 수많은 밤에 바람이 다시 돌아오는 것을 듣네:
"내게는 먼 곳이 불타고, 네게는 좁다……"
그런 다음 나는 조용히 쩌르르거렸네, 작은 집이 그러듯.

그러나 오늘밤도 밝아지지 않는다면,
그리고 구름수레에 실려 바람이 돌아온다면:
"내게는 고란초와 붉은 디기탈리스 있다 내게는!"

그리고 그를 밤나무 위로 실어가려 하네—

그런 다음 잡는다, 그런 다음 나는 그를 여기에서 잡지 않는
다……

밤나무의 저편에서야 세계라네.

오바드*

어둠 속에서만 나는 너를 믿고 받든다.
네 뿔피리들에 하지만 밝음이 쌓이네.
아침놀은 한 마리 짐승처럼 알아챈다
네 눈과 내 눈을 눈물의 문지방 앞에서.

너는 시간을 뛰어넘는다, 지금 열렸던 시간을.
우리는 이제 무릎을 꿇고 울 수 있다네……
근심으로 이미 내 단지는 넘쳐난다—
네 눈물도 내 단지 안으로 흐른다……

너는 호명하네, 장미의 불더미 속에 있는 암흑인 자를,
저세상은 어둠 그리고 여기는 밝음……
내 심장이 너의 손에서 서서히 꺼질 때까지.

어둠 속에서만 나는 너를 믿고 받든다.

● 연인들의 아침 이별 노래로 밤에 부르거나 연주하던 세레나데와 대비된다.

자장가

어두운 평야들의 아득한 곳 위로

네 우글거리는 피 속에서 내 별이 나를 들어올린다.

우리 둘이 겪어냈던, 아픔 곁에서 더이상,

생각에 잠기지 않네, 어스름 속에서 가벼이 쉬는 별은.

별은 어떻게, 달콤한 이여, 그대를 침대에 누이고 흔들어야

하는가,

그의 영혼이 자장가의 마지막을 장식하는데?

꿈이 있고 사랑하는 이들이 누워 있는 곳은, 어디에도 없이,

한 번의 침묵마다 그렇게도 이상한 소리가 울렸다.

이제, 속눈썹만이 시간의 경계를 정할 때,

어둠의 삶이 알려진다.

사랑하는 이여, 반짝이는, 눈을, 감아라.

세계는 은은하게 빛나는 그대의 입에 불과하여라.

포도주를 마시며

마술사들과 가벼운 사내들의 희롱을
내 피가 행복한 아가씨에게 내놓는다.
미소 지으며 그들은 울림과 물결을 옥쥔다;
그녀는 달콤한 확답을 숨기기 어렵다.

아이야, 이제 흙으로 만든 단지들 위에서
공기의 마술이 반짝이며 너를 매혹하면,
나는 네가 소심하게 내 의지에 응하는 것을 안다,
이건 이미 유희하는 망설임으로 행복해진다는 뜻이다……

손은 가라앉은 부채를 펴지 않니,
내가 너를, 낯선 이여, 공상하며 잃어버린 것?
내 우울이 잔 속에서 꺼버린 것은,
타올라 너를 향해 거대한 척을 한다.

전사

그대 듣는가: 그들이 숨막히게 죽음을 늘려갈 때, 나 그대에게 말한다.

나 조심스레 내 죽음을 설계한다, 조용히 창들을 마주친다.

진실한 것은 끝없는 말타기. 정당한 것은 말발굽.

그대 느끼는가, 마름모들 안에서 한 번의 흩날림 말고는 아무 일도 일어나지 않는다는 걸?

나는 피 흘리며 이방인들에게 충성스레 그리고 용기에 수수께끼처럼 속해 있다.

나 서 있네. 나 고백하네. 나 외치네.

튤립

튤립들, 반짝이는 별
우울과 달콤한 위력에 의해,
나는 네 심장이 풀리도록 두었다:
네 삶은 튤립을 쉽사리 찾니?

꽃받침 속의 비밀스러운 것
은은한 빛과 더불어 떨어졌던 수꽃술,
말로 다할 수 없는 운을 맹세한다
네 아픈 놀이를 위하여.

튤립들에게는 오늘이 있니, 보렴,
그들이 어스름의 방을 다스린다:
너는 어둠을 아직 예전처럼 돌보니
내가 너에게 산사나무의 가지를 부러뜨려주었을 때처럼?

장미의 은은한 빛

들장미들은 우리 둘에 대해서 안다:
그렇지 않다면 그들의 빛은 부드러운 은혜의 미광일 텐데?
나는 너에게 아침바람 말고 아프게 한 적이 없다:
너는 떠돌기만 해도 취하기만 해도 된다.

내가 이제 구름의 천으로 위장할 때,
너에게는 비가 포도주보다 더 달콤하리.
네 심장은 내 황야의 장미에 속한다.
나는 하지만 매발톱꽃의 파란빛만 생각한다.

아네모네

저녁에 떠는, 아네모네덤불,

우리의 어둠에 앞서서 은은하게 피어난다.

그대는 내 입 앞에서 눈을 감는다, 입에게는 쓴;

조용한, 내 손으로부터, 꽃다발을 받으렴.

아네모네들이 네 뺨에 날라준, 것은,

봄과 촉촉한 비 말고는, 아무것도 아닌가?

아마도, 아네모네들이 꽃의 신을 버린 것,

내가 내 아이를 달콤한 손으로 잡은 것 말고는?

부활절의 꽃들은 삶으로

그리고 내 입으로 꿈꾸듯 네 얼굴에 매달려 있다.

너는 하지만 그 곁에 있는 내 심장을 아직도 느끼지 못한다,

은밀히 물망초를 동경하는 심장을.

저녁의 노래

머무름을 설득하는 부름은,
감추어진 부름 앞에서 존재하지 않는다.
내 꿈들은 물푸레나무들로 연명했기에.
내 하얀 노루는 황금빛 발굽이 있다.

지금, 누가 서른 개의 은화를 위하여
내게는 없는 십자가 옆에서 나를 배반하는가?
낯선 천사에게 나는 스스로 날개를 펴준다.
(너에게서 그곳까지는 아주 멀 것이다……)

나는 가시덤불 속에서 나 자신을 주장하지 않게 될까?
내 걸음 곁에서 쐐기풀은 골똘히 생각했다.
훔친 내 황금을 받으렴……

눈이 감기나? 그리고 족쇄가 내게서 떨어지나?

서향 瑞香

불그레한-흰 비밀을 가진 이
다년초들에 대해 네 어두운 심장이 파악해냈다.
네 뺨에, 뜨거운 뺨에 나를,
서향의 향기와 함께 머무르게 하라.

네 피 옆에서 빛나기로 결심한 무엇은,
그들이 말하기를, 독으로 생기를 얻었다.
이것이 은은한 빛에 의해, 축축한 빛에 의해,
너를 변하게 하고 나를 넘어서게 한 것인가?

열린 창가에서 네 세계가 바뀐다.
작은 꽃들은 네게 명령을 속삭인다.
그렇게 머문다, 너에게서 내 심장이 익숙하게 얻어낸 것은,
네 영혼의 남쪽에서 온 강렬한 향기.

양귀비

별을 때렸던 것에, 굴복하는,
낯선 불로 장식된 밤을,
내 동경은 네 둥근 단지에서 아홉 번 휘날리는,
불로 이겨내도 좋다.

너는 뜨거운 양귀비의 화려함을 믿어야 한다,
여름이 안겨주던 것을, 거만하게 탕진하고,
네 눈썹이 그리는 호弧에서
네 영혼이 붉음 속에서 꿈꾸는지 아닌지, 알아맞히는 것으로
사는, 양귀비.

제 불꽃이 사그라질 때만, 양귀비는 겁먹는다,
정원들의 입김이 기이하게 양귀비를 놀래므로,
양귀비가 모든 것들 가운데 가장 달콤한 눈에서
우울로 검은, 제 심장을, 발견하는 것을.

깊은 곳으로부터

지금, 나를 애기미나리아재비와 맺어주기 위해서,
내 늪지들의 도깨비불이 다시 깜박이면,
위쪽, 그들이 나를 위해 빛을 밝힌 곳에서는,
꺼졌는지도 모른다, 나에게 속삭이고 나에게 손짓하던 것이.

나는 이곳에서 두꺼비들의 막강한 힘을 알아보는가,
그리고 너는 더 큰 소리로 고해와 기도를 말하는가?
아 멀리, 아직 소쩍새들이 피리를 부는 곳에서,
나에게 비통을 고백하던 입을, 나는 안다.

네가 맹세한 것은, 조용히 거울 속으로 녹아든다:
습지로 구름의 고향에서 후덥지근함이 밀려온다.
이미 손들이 봉인하는 것이, 눈眼 속에서 타오른다:
밤, 불 하나와 운韻.

비雨라일락

비 온다, 누이여 ; 하늘의
기억들이 그들의 쓰림을 맑게 하네.
라일락, 시간의 향기 앞에서 외롭게,
흠뻑 젖어서 찾네, 껴안은 채 열린 창문으로
정원을 보던 두 사람을.

이제 내 부름이 비의 빛을 부추기네.

내 그림자는 격자보다 더 높이 자라고,
내 영혼은 솟구치는 물이다.
그대는 괘씸해하는가, 그대 어두운 이여, 뇌우 속에서,
내가 언젠가 그대에게서 낯선 라일락을 훔쳤다는 것을?

내 심장이 구름이었던, **거울 속에서,**

내가 장미를 꺼냈던, 이슬이 아직도 떨어지고 있다,

나를 넘어 날아갔던 날개는 어두워지고

곱슬머리는 아직도 갈빛 머리칼에서 나부낀다.

밤이 흔들렸다, 재스민 속에 사로잡혀서,

작은 천이 아니라, 광채가 그것에 깜짝 놀랐나?

또한 네 몸이 그 불 속에 누웠을 때까지.

그리고 나는 부채를 광채 너머로 편다……

거울이 너에게서 빼앗은, 너울은,

네 눈처럼 파래진다, 거기에서 나온 구름은 사라졌다……

그리고 엷은 서리가 손을 다시 잡는다,

잠자면서 내 영혼을 이파리처럼 내게 떨어뜨리던 손.

오 내가 유리 속에서 마주쳐야 하는, 황금이여!

오 가득차 넘치는, 바다의 반사된 빛이여!

그리고 내 고향의 너도밤나무 곁에서

캅카스에서 온 갈빛의 소녀는 지체한다……

동화의 초원들

표시는 오늘밤 노란 옥수수다.

너는 그걸, 네가 내 황금도 원한다면, 가질 수 있다.

얼른 받으렴, 나에게 여름이었던 것을: 나는 안다

흰말들이 가벼이 먼동 속으로 빠르게 걷는 것을.

이것은, 그 말들이 우울의 검은 비탈에서

우리가 머물고 있는 어둠을 향해 돌진했을 때였다.

그들이 멋모르고 해방시킨, 은은한 빛은,

낯선 마일 너머 너에게로 동경을 편다.

그런 다음 나는 내 초원들을 그제야 이슬과 함께,

그런 다음, 낮을 지나, 눈물들과 함께 뒤섞어야 하리……

그러면 기이하게도 내 머리칼이 센다,

마치 네 앞에서 언젠가 은빛으로 빛나던 개암나무회초리처럼.

오직 달콤쓸쓸하게 나에게로 천 배가 되어 번성한다,

별들의 바람이 와 소리가 잦아들던 곳에서……

내 상처 난 거대한 경작지는 깨어나 방랑한다

어스름 속, 우리가 옥수수와 꿈들을 맞바꾸었던 곳에서.

낮의 노래

담쟁이덩굴이 끝없이 초록으로 자라난다 정적의
뺨 그 풀어진 머리칼 속에서:
하얀 비둘기날개를 그는 잡으려 했다.
은은한 빛 하나 머문다, 나에게는 삶이었던 빛……

이제 그들은 깊은 곳에서 닻을 밝힌다.
이제 그들은 돛대에서 위험의 깃발을 풀어낸다.
이제 그들은 우리가 잠잤던 풀들을 들어올린다.

너는 안다, 눈에 띄지 않게 담쟁이덩굴 위로 올라와 있던,
비둘기날개를 얼마나 내가 그리워하는지.
너는 어째서 우는가, 내가 지금 날이 밝아올 때,
천천히 어두워지는, 돛을 달면?

정원들

내가 이곳으로 추방한, 남쪽의 십자가로부터,
밤이 내 수천의 정원들에서 불타오른다.
왕의 촛불들, 당당하게 다른 불로부터,
늘푸른 짐승의 발자국 위에서 타오른다.

그리고 횃불잡이들이 모여드네, 격노한 듯,
춤을 추며 그리고 그들의 보랏빛 방망이를 휘두르네……
그렇게 많은 화려함 앞에서 어둠을 찾으며, 지상의 것이
하늘색 기둥을 기어오른다.

동방의 광채를 뚫고 꿈꾸는 듯 울린다
내가 끊임없이 졸라댔던, 피리가……
그들이 여기서 왕관을 씌운, 누군가는 울 수 있을까?
(세미라미스*의 정원들을 날려 사라지게 하라……)

그리고 위에는 황금으로부터 양날개가 떠돈다,

---

* 고대 아시리아의 전설적인 여왕.

향기들을 고르고 불을 구별하는 양날개가.

은의 문을 통과해 해마다 해마다 흘러내린다……

그를 너는 사랑하려 하는가, 이곳에서 근심에 시달리는 이를?

거울 속의 빛, 조용히, 그리고 저

우리에게 꿈을 선사하던, 시간을 정하며,

네 눈을 채우던, 밤을 소진한다.

아주 오래, 게다가 기이하게 머무른다, 은폐된

가을의 놀이는 네 곁에 그리고 네 눈물에.

너에게 가득한 별들의 거울이 걸려 있을 때까지.

멀리, 시간이 아직 물푸레나무들의 가지에 머무르는 곳에서,

시간은 네 눈을 어둠으로 채운다, 쏟아부으며, 물푸레나무가 그걸 사랑하듯.

너는 느끼는가: 모든 꽃받침 위에 우리의 눈물들이 나누어 졌다.

속삭이며 그리고 머리칼 속 구름들, 우리는 오래 빗속에 머 물렀네.

소리 없이 내 심장은 이제 알게 되었다, 어떻게 가을의 밤이 불타 없어졌는지,

아, 네가 받아들였던, 나뭇잎과 함께, 꿈과 화관에게로 구부 러졌네……

잎들과 함께 떠다녔는가, 너를 불렀고 너를 알았던 이는?

사랑하라, 가장 붉은 것과 함께, 생각하라, 네가 대화에 전념 했는지……

그러니까 너는 그곳에 있었고 이곳에도 있었다. 도망가는 거 룻배들 위에서

삼각기가 하늘들의, 젖은 하늘들의 꿈을 스친다.

춤 너머에서 작은 별은 윙윙거리지 않는다, 눈물 너머에서 도……

눈_雪빛은, 아이야, 눈빛은 우리를 비추려 한다.

숲속의 초원

초록 기를 저녁이 올렸다: 내 심장은 꿈을 꾸었다……

커다란 버섯의 그림자 속 황금빛 노루가 다시 풀을 뜯는다:
여기에서 나는 죽은 이들에게 여름의 화관들을 둘러주었다.
나는 또한 말했다: 딱총나무의 이파리는 타버렸어.
그렇게 너는 이제 더 깊이 잠잔다: 너는 알고 있다, 내가 울
었다는 것을.

별을 나는 아주 깊숙이 묻는다, 여기로부터 온 창던지기를:
네 뺨의 흉터, 하늘과의 내 이별.

신드바드

봄이 둥둥 떠다니는 해안이 있는
내 보이지 않는 섬을 어둠으로 물들인다……

방들 안 위험은 번갈아 바뀐다.

내 심장은 네 노래를 떠난다, 세에라자드여……

소용없이 너는 네 어두운 눈길로 마술을 부려
내 앞에 섬광을 불러낸다, 어느 때보다 더 찬란하게……
그리고 달콤한 우울은 나를 사로잡지 못한다.
그리고 신드바드는 더이상 바다 위를 달리지 않는다.

얽히고설킨 동경에게 그의 배가 내맡겨졌다:
돛은 낯선 향기를 안고 그에게로 부풀어오른다.
그는 부드러운 손잡이를 가진 키를 찾는다,
갈빛의 허리에 제 화를 맹세했던 손잡이……

그리고 별이 박힌 옷을 입고 헤매며 변신한다.

새들의 비명에 그는 거의 바라보지 않는다.

그는 더이상 보랏빛도 비단도 전혀 알지 못한다.

그의 아름다운 배는 목련나무다.

우물가에서

어떻게 내가, 말하렴, 부서져버릴 것만 같은 관절 위로
밤과 과잉 가득한 단지를 들어올리나?
네 회상의 눈은 명상에 잠겨 있다,
내 걸음에 높이 자란 풀은 그을렸다.

별들이 우수수 떨어졌을 때, 네게는 피가 그렇듯이,
내게는 어깨가 외로워졌다, 어깨는 짊어졌기에.
너는 번갈아 바뀌는 놀이친구처럼 피어난다,
그녀는 커다란 단지에서 나온 고요처럼 살고 있다.

물이 너에게서 또 나에게서 어두워질 때,
우리는 우리를 응시한다—그런데 물은 무엇을 변화시켰나?
네 심장은 기이하게도 금작화 앞에서 정신을 가다듬네.
독미나리는 내 무릎을 꿈처럼 스치네.

우울

저녁에게 오늘 암흑의 한도가 주어졌다:
구름은 위쪽 저울에서 추락한다.
네 심장은 장미의 시간과 더불어 내 화살에게는
과녁이다, 내가 상처를 주기에, 꿈꾸는 과녁.

네 눈이 깜박이면 군기는 궁수의
이마 근처로 검게 나부낀다.
먼 곳의 빛줄기를 그는 끌어내릴 수 있다,
북극광 속의 길을 그는 풀려 하지 않는다.

무엇이 돕나, 그가 너를 독으로 엄습하면,
장미들은 깃발로 그림자를 드리우나?
그는 머문다, 그가 너를 숨막히게 화살로 맞히면,
네 신하들 가운데 하나는 외로워진다.

장미정원

엉겅퀴를 씻었던, 물을, 내 형제가 욕심스럽게 마셨다. 혼자
　나는 그를 위하여 끝까지 싸운다, 벌거벗은 채, 장미의 문 앞
에서.
　평화를 누리지 못하는 이들의 숲들을 나는 슬픔으로 가려준
다, 아무도 더 향기로워서는 안 된다……
　암흑은 나를 떠났다, 메마른 가시로, 위장한 채.

　천사는 또한 언제나 저 너머에 있지 않다, 여기에 내 창을 은
애하지 않으며,
　가벼이, 심장 속의 칼들과 함께: "일어나라, 지금도 정원에서
　죽음은 지체한다, 꽃봉오리 속에 자리를 잡고, 내 죽음이여,
장미를 풀어내던 죽음이여.
　일찍 날개는 내게서 눈떴다, 그는 아직 잠들어 있었다, 나는
기다릴 수 없었다."

　그리하여 구름들은 저를 희생했나? 그러니까 충성을 지켰나?
　창을 비를 향해 겨누었나?…… 어떻게, 향기에 실려,
　떠났을 때 그는 정원을 잊었나? 그가 장미를 뿌린다는 것을,

저 위 더 암흑인 곳에? 그리고 나는 떨어지는가, 곤봉에 맞
아 죽어서?

다음해의 봄

신이 보물을 숨기기 위해 여기 이 골짜기에 왔다:
다가오는 4월의 어린잎.
─달빛이 물빛이 되는 것보다 더 조용히!
가벼운 이파리들 위로 고요히 산책하리.

신은 시종 하나를 여기 이곳에서 부렸다.
그에게 초록 벨벳으로 만든 윗옷도 선사했다.
─구름보다 더 가벼운 내 보물.
사랑보다 더 달콤한 이 업業.

내 머리칼 사이로 9월이 붉게 날아간다.
계속! 그리고 어서 이슬 대신 서리 있으라!
어느 해보다 초록이었던 한 해가 온다!
하지만 미르얌의 눈은 파랬네.

밤의 평야에서

내게로 서둘러 올 때, 그렇게 너는 굽혔다, 불그스름한 선홍 초 사이에……

너는 구슬들에서, 유리 같은 유혹이 든 죽음의 구슬들에서 빼앗았다, 꿈의 길 위에 흩뿌려져 있는……

너는 우쭐대며 구슬로 치장했고, 속삭이는 작은 길들 가장자 리를 장식했다.

너는 홀린 나무의 잎들에서 이파리 하나를 네 머리칼 속에 꽂았다……

나는 내 눈앞으로 구름을 걸어둔다: 그것은 그림들 가운데 어느 것도 너에게 보여주지 않는다.

너는 우는가: "그렇게 그는 나를 보지 않아…… 그렇게 나 는 나 자신을 신부로 알아보지 못해……"

내 손은 너의 심장을 움켜쥔다: 심장은 나를 알아보지 못한 다, 더 격하게 고동친다……

나는 재빨리 네 무덤을 위해 어느 피어나는 잡초를 뽑는다.

죽음의 작은 방은 제 창문에 파란 커튼을 걸어두었다.

내가 커튼에 바람을 쐬어주었더라면, 너도 곧 나를 믿을 거
야, 내 입이 그 커튼 뒤

산홋빛 작은 입술의 말을 알았을 텐데. (죽음의 작은 방은 내
집이다.)

내가 너를 유혹했지, 너는 수줍게 나를 따라왔지, 은은하게
빛나는 속눈썹의

쓴 액체를 넘기는 것 같았지. 너는 칼 없는 모든
정신과 같은 내 정신이 되려는지. 졸고 있는 펜으로

폭풍의 잎 속에 든 꿈을 쓰려는지. 네 심장을 나에게 줄 것인
지, 고상하게.

언젠가 모래 속에서 너를 찾았던. 나에게, 네 눈 속으로 자맥
질했던, 나에게.

남쪽 탑의 창문

정적이 내리기 전 날개가 너에게
가라앉는다: 화살은 비스듬한
진녹색의 꽃다발들에게로 내려 장미 울타리 속에서 흩날린
다—
하지만 피는 체리나무를 향하여 서두른다.

내 눈이 구름거울이 아니었다면,
탑은 네 손의 은은함을 알아맞혔을까?
재스민이 혼자 눈길을 두는 곳, 그곳은 바다다.
그리고 더 멀리 아래에서 세계는 끝난다.

네 입도 뱀에 물린 상처의 둥지인가
그리고 창에 찔려 여전히 피 흘리는 내 무릎:
여기에 네 심장은, 검은 별에게 구해져서,
나에게 가벼우리, 달의 빛줄기처럼, 마갈리처럼.

날개의 살랑거림

비둘기는 그러나 아발론*에서 늦어진다.
그리하여 한 마리 새가 네 엉덩이 위에서 어두워져야 한다,
반은 심장이고 반은 갑옷인 새.
네 젖은 눈은 새에게 아무 문제도 되지 않는다.
더욱이 새는 고통을 알고 금작화 곁으로 그것을 데려온다,
하지만 날개는 여기에 없고 보이지 않게 게양되어 있다.

비둘기는 그러나 아발론에서 늦어진다.

올리브가지는 독수리 부리들에 도둑맞아
네 잠자리가 검은 천막 안 푸르게 물드는 곳에서 꺾였다.
주위에 그러나 나는 벨벳신을 신은 군대를 불러모아
침묵하며 하늘의 화환을 에워싸고 칼로 베라 했다.
네가 깜빡 졸며 피 웅덩이로 몸을 숙일 때까지.

이것이다: 그들이 격렬하게 칼을 휘두를 때, 나는,

● 켈트족 전설에서 아서왕의 시신이 묻혀 있다는 영원의 섬.

그들 위로 파편을 들어올려, 모든 장미를 떨어뜨렸고
많은 이가 장미들을 머리칼 속으로 땋을 때, 나는,
위로의 행위를 하기 위해, 새를 불렀다.
새는 네 눈 속에 그림자발톱을 그려넣는다.

나는 그러나 비둘기가 오는 것을 본다, 하얗게, 아발론에서.

헤맴

달처럼 밝은 심장: 지금 거울상像의 너울이 부풀어오른다.
수풀에서는 잠자는 이의 천사가 쓴 장과漿果를 딴다.
이제 내 피가 방패 속 창에 찔린 상처를 위로한다;
밀물과 썰물이 별바다의 여름에게로 피어난다.

너는 하지만 지금 준비하는가, 보리수가 너에게 달콤한 선물
을 하도록?
장미의 구름은 네 눈 속에서 아주 포기하며 무너졌나?

(너는 내게 들어서 알았는가, 꿈들이 어떻게 관자놀이를 상
처 냈는지?)

네 속눈썹은 동경과 물결의 거품을 생각하지 않으려 했다……
옥수수는 달 속에서 선명하게 어두워지고 나는 축복을 보내
지 않는다.

구름들이 울려퍼지면, 네 관절은 죔쇠에 머무는가?
그리고 벨벳으로 만든 눈眼 속에서 가을의 빛은 반짝거리지

않는가?

그러면 나, 네 눈물의 시종, 사로잡혀 머물리니.

늦여름

이제 빛나는가(그리고 누가 끄떡없는가?) 손의 순간
네 머리칼이, 내 가슴의 밤이? 여름의
소리를 네 입은 스치지 않는가? 나무들은
잎사귀를 보내는가, 우리를 비틀거리며 데려가는 무도회로?

이제 우리가 돌 때, 재빨리, 상처 난 발바닥으로,
네 밑의 풀은 여전히 불타는가? 아니면 고통스러운 이슬이
뚝뚝 떨어지는가?
내가 꿈꾸면서 작은 숲과 너에게 되뇌는 세계가,
우리를, 마치 구름처럼, 짙어져가는 푸름과 함께 혼자 둔다.

저 너머 곧 교화된 산의 요정이 상처 입은
영혼들을 비추리, 불꽃 튀고 거품 이는 작은 거울 속에서.
여기에는 그러나 별 하나가 우리의 피를 정원들에 못박네,
네 무릎을 위해 내 올라가는 계절이 늦어지는 곳에.

분점 分點

"그리고 밤들 속으로, 가을의 별들로 달콤하게,
내 심장이 떨어지리, 하지만 네 심장은 둥둥 떠다니리;
네 길이 분명해지고, 내 길은 엉클어지리,
내 눈이 감기고, 네 눈은 살아나리;

꽃들이 말라가고 뿌리는 피어나리;
산이 열리고 골짜기는 닫히리,
팔 하나가 실패하고, 다른 하나는 애쓰리,
어떤 용량이 비워지고, 어떤 것은 흘러넘치리;

내 꿈이 새어나가고 네 꿈은 고이리,
그 눈물이 말을 하고 그 눈물은 침묵하리,
내 피가 믿지 않고 네 피는 믿으리,
내 입이 거부하고 네 입은 복종하리……"

"아, 이 밤에는 네 별들 중 아무것도 속해 있지 않은가?"

"그들은 네 단지가 내 것처럼 찰 때까지 기다린다."

가을

저녁이(아 속눈썹의 오류……)
네 눈은 걱정스럽다, 나는 너희 둘의 머리칼을 풀어준다……

가을의 문지방에서
나에게 남겨진 것은 단 하나의 빛.

나누어진 것은 죄 많은 담쟁이덩굴. 깃발은 내려졌다.
울려퍼지는 것은 큰 낫과 창:
어쩌면
리라도.

검은 눈송이들

눈이 내렸네, 빛 없이, 달은
이미 하나 아니면 둘이어서, 가을이 수도승의 옷자락 아래
나에게도 소식을 전했다, 우크라이나의 산비탈에서 온 나뭇
잎:

"생각하라, 여기도 겨울이라는 것을, 이제 천번째로
이 땅에, 가장 넓은 강이 흐르는 곳:
야곱의 하늘 피, 도끼들은 부러워했다……
오 내세의 붉음으로 이루어진 얼음─사령관이 모든
수송대와 함께 어두워지는 태양들 속에서 걸어 건너간다……
아이야, 아 수건 한 장,
그것으로 나를 덮으렴, 투구에서 빛이 번쩍하거든,
장밋빛인, 얼음덩이가, 쪼개지거든, 네 아버지의 유골이
눈처럼 흩날리거든, 말발굽 아래서 삼나무의
노래가 바스러진다……
수건 한 장, 오로지 얇고 작은 수건 한 장이어서, 나는
네가 우는 법을 익힌, 지금, 내 옆구리에
영영 푸르러지지 않는, 세상의 궁지를 보관한다, 내 아이야,

네 아이에게!"

    피를 흘렸습니다, 어머니, 가을이 나에게서 떠나가고, 눈^雪
이 나를 태웠습니다:

    나는 내 심장을 찾아, 울고 있는지 보네, 나는 숨결을, 아 여
름의 숨결을 찾았네,

    그것은 당신과 같았지.

    나는 눈물이 흘렀네. 나는 작은 수건을 짜네.

눈의 여왕

눈 속 여왕들의 가장 부드러운 것은 여기에서
깨어진 거울을 상기하지 않는다.
그리고 네 눈은 또한 저 푸른 바다짐승을 닮는다:
그녀는 너를 한 시간 동안만 듣네.

춤추는 산의 요정에 대해서 들려주렴,
산의 요정이, 너의 눈 속으로 돌렸던 파편에 대해서:
그녀는 너에게 유혹당한 황금을 받게 하고
너를 가게 하고 걱정 없이 머물게 한다.

숲속, 순록의 발걸음에 홀려,
네 달콤한 심장은 마지막 추위를 견딘다.
북극광이 네 썰매를 에워싸게 한다.
작은 도둑소녀가 위로를 건넨다.

별의 노래

여전히 달빛 속으로 들어가는, 무엇도,

그때처럼 그렇게 존재할 수 없다. 큰 수레가

우리를 소리내며 받아주었을 때처럼. 수레는 사랑하는

누구도, 열광해서 실어나르지 않으리라. 예전에 우리 둘을

그랬던 것처럼,

큰 소리로 리라가 울려퍼지는 것, 수레의 바퀴가

먼 곳을 지나서 달릴 때; 보이지 않는

별이 피어오르는 것, 수레가 빛을 내며 가까워질 때,

그리고 여기에서 다른 이들이, 그러니까 달리는 것에 놀랄

때;

그리고 백조의 노래가 그 위에서, 자신의 죽음을

근심하며, 낯선 삶을 신봉한다;

그리고 하늘의 저울에서 내려앉았던, 황금은,

우리 곁에서 떠돌기 위해 날개를 꿈꾼다;

그리고 세계가 시작되는, 숲들 속에서,

궁수가 배회한다, 우리를 지나,

그리고 그의 화살들은 봄바람을 부채질한다

이제 막 뿔이 돋아나는 사슴들에게……

달빛 속에서 아무도 우리와 같지 않을 수 없다

화려함이 그 위에서 우리 것이었을 때부터.

내 심장은 빛줄기를 장엄한 결정에 의해 거칠게 내뿜는다.

베레니케의 머리칼*에서 나온 네 머리칼의 광채.

* 이집트 여왕 베레니케 2세는 남편 프톨레마이오스 3세가 세번째 시리아원
정을 떠나자 신들에게 머리칼을 바쳤고 이것은 머리털별자리의 기원이 되었다.

올리브나무

지옥의 뿔들, 올리브나무 안에서 잦아들었다:

뿔들이 나무의 심장을 뚫고 숨을 찔렀을까, 텅 빈 심장이 비명을 지르도록?

나무는 우리 위에서 달콤한 잠에 빠지지 못했을까 우리는 포옹하고 있었는데?

너는 나무에 축복을 보내고 우리는 뿔들을 지우나?

언젠가, 우리가 암흑에서 성대하게 축제를 벌였을 때,

나무는 우리를 향해 나락 속으로 와서 노래했지.

지금, 얼어붙은 뿔들이 나무를 에워쌌기에,

나무는 우리를 졸리게 만들었고 비탈에서 떨고 있다.

뿔들이 붙기 시작하면, 우리가, 번쩍이며,

방랑하는 올리브나무여, 너에게로 올라가도 되는가?

너의, 달콤하고 열중해 있는 가지들,

우리와 함께 포화에, 거대한 포화에 휩싸여도 되는가?

산의 봄

광주리들 안에서 먼 곳의 연기를 푸르게,
털로 짠 천 아래, 깊은 곳의 황금,
그대는 우리가 적이었던, 산에서
머리를 풀고 다시 온다.

그대의 눈썹에, 그대의 뜨거운 볼에,
구름을 매단, 그대의 어깨에,
내 가을의 방들은
커다란 거울과 과묵한 부채들을 건넨다.

하지만 저 위 여울에,
프리뮬러 위, 그대여, 그리고 솔다넬라 위,*
여기 황금 고리가 달린 그대의 옷처럼
눈이, 가슴 아픈 눈이, 하얗게 내렸네.

● 프리뮬러와 솔다넬라 모두 유럽 고산지대가 원산지인 앵초과에 속한 화초.

아르테미스의 화살

알프레트 마르굴슈페르버*를 위하여

시간은 청동빛으로 그 마지막 제단에 들어선다.
여기서 너 혼자만 은빛이다.
그리고 너는 저녁에 보라색나비를 위해 슬퍼한다.
그리고 구름을 두고 짐승과 다툰다.

아니, 네 심장은 한 번도 몰락을 겪은 적이 없었고
한 번도 암흑을 네 눈에 맡긴 적이 없었다……
하지만 네 손은 달에 의한 흔적이 아직 남았다.
그리고 물속에 한줄기 빛이 아직 곤두서 있다.

어떻게, 하늘색 자갈 위에서
가볍게, 님프들과 빙글빙글 돌았던 이가,
생각해선 안 되겠는가, 아르테미스의 화살이
숲속에서 아직 헤매고 있지만 끝내 그에게 이르리라는 걸?

● 독일어로 작품을 쓴 루마니아 유대계 작가로. 부쿠레슈티 시절 첼란의 후
원자였다.

비 오는 밤

보렴, 밤이 어떻게 흔들리는 체꽃으로
내 영혼의 신호를 창문에 검게 썼던지를.
네 눈, 아직 러시아에 머물렀던, 하늘로부터,
아직 더 검게, 내 심장을 찌르려 한다,

어둠과 장난치면서, 또한 네 집으로 몰래 들어오는 것……
    너는 하지만 이 밤을 위하여 머리칼을 기이하게도 높이 빗어
올렸네,
    커다란 은머리핀을 너는 네 풀어진 셔츠에 꽂는다,
    그리고 남쪽을 축복하네, 낯설게 나 없이.

그리고 너는 가만히 몸을 흔든다 피리연주에 맞춘 듯이
그리고 미끄러진다 대리석계단 위를 둥둥 떠다니면서
저 아래, 구름과 비로 이루어진 스텝의 친구가
너의 강을 네게 만들어주었던 곳: 누런 나일강으로.

무덤들의 가까움

어머니, 남쪽 뱃머리의 물을,
당신에게 상처 줬던 물결을 지금도 알아보시나요?

한가운데 물레방아가 있던 들판을,
당신의 심장이 얼마나 조용히 당신의 천사를 견뎌냈는지 지
금도 아세요?

사시나무 한 그루도, 버드나무 한 그루도 더이상,
당신의 시름을 덜어줄 수 없나요, 위로해줄 수도 없나요?

그리고 신은 싹이 움트는 지팡이를 짚고
언덕을 올라가고 또 언덕을 내려가지 않나요?

그리고 당신은, 어머니, 그때처럼, 아, 고향에서,
조용한, 독일의, 고통스러운 운鑛을 참고 있나요?

9월의 왕관

딱따구리가 가지에 자비로운 시간을 쪼고 있다:

그렇게 나는 물푸레나무와 너도밤나무와 보리수나무 위에 올리브유를 붓는다.

그리고 구름에 손짓한다. 그리고 내 누더기 같은 옷을 치장한다.

그리고 바람 속의 작은 별 앞에서 은빛 도끼를 휘두른다.

비단을 걸친 동쪽 하늘은 무겁다:

네 사랑스러운 이름, 가을의 룬문자*로 꼰 실.

아 나는 지상의 속껍질로 천상의 포도덩굴에 내 심장을 묶었다

그리고 우는가, 바람이 일어난 지금, 네가 불평 없이 노래를 시작한다고?

태양빛의 호박이 내게로 굴러내려온다:

치유하는 시간이 울퉁불퉁한 길 위에서 울려퍼졌다.

그렇게 마지막 것도 내 것이 아니지만, 그래도 친절한 금화

---

* 약 1세기에서 17세기까지 사용된 게르만족의 문자.

한 닢.

　그렇게 너에게나 나에게도 비雨로 이루어진 저 베일이 벗겨
진다.

아름다운 10월

죽어가는 이들의 작은 깃발들에서 황금빛 불꽃이 희미하게 빛난다:

군인들은 무덤을 남쪽 성벽에 마련했다.

볕이 잘 드는 나무로부터 잎들이 심장처럼 가라앉았다.

너는 얼마나 아름다운가, 가을이여! 얼마나 열광적인가, 팀파니여, 네 울림은!

불그스름한 잎으로 또 갈빛의 잎으로 대포는 위장했다!

친절한 자리들로부터 다채로운 죽음이여 휘둘러라!

그리고 숲도 더이상 우리를 지키지 않고 불은 우리를 보살피려 하지 않네:

그렇게 새어나가는 피는 여기 형제 같은 붉음 아래서 찾을 것이다.

작은 깃발들이 흔들렸다, 너도밤나무여! 적의 축포에 인사한다!

여기 이미 많은 것이 이것을 위하여 떨어졌고—아 나는 그걸 알고 이러한 것을 위하여 떨어지나?

아주 멀리서, 고향의 정원들 안, 화단에서, 오래전에 당아욱이 바래진 곳,

불그스름한 이파리 하나가 내 작은 누이 아넬리스를 떠다니며 스친다.

사냥꾼

오리온이 사라졌던, 눈眼 속,

나는 내 몫으로 주어지지 않았던, 사냥감을 쫓았기에,

내 행운의 별처럼 타오른다 불의 개구리

그리고 거미 한 마리가 나에게 나의 평화를 짜준다,

그것을 나는 잃어버렸네, 내가 벨슈란트*에 숨어들었을 때,

그리고 샹파뉴의 포도나무를 피 흘리게 했을 때

카렐리야**의 자작나무 아래,

내 심장이 밤나무가 드리운 그늘 속 네 곁에 누웠을 때,

충직스럽게 우리를 아직 기억했던, 그들

그리고 저 수천의 여름 같은 달콤함은,

이러한 불꽃 타오르는 봄부터 화염에 휩싸여

마치 포메라니아***의 하늘처럼 비춘다,

* 스위스의 서부 프랑스어권 지역을 가리킨다.
** 핀란드와 인접한 러시아 서북부에 위치한 자치공화국.
*** 독일과 폴란드 북부 발트해 연안의 지역.

내가, 내 영혼을 단단히 물고 늘어진 곳,

바람에 부러진 수목을 구역 안에서 더이상 찾지 못한 곳,

내가 맨 처음으로, 알프스의 평야에서 낚아챈 곳,

짐승이 아니라, 심장을 겨냥한 곳.

외로운 이

비둘기보다 더 그리고 뽕나무보다 더
나를 가을은 사랑했다. 그리고 나에게 베일을 선사한다.
"이걸 가져가 꿈을 꾸렴", 가을이 가장자리를 수놓는다.
그리고: "신神도 콘도르처럼 아주 가까이 있단다."

하지만 나는 또다른 천조각도 집어올렸네:
이것보다 더 거칠고 수놓이지도 않은 것을.
네가 그걸 만지면, 나무딸기덤불에 눈이 내린다.
네가 그걸 흔들면, 독수리 울부짖는 소리가 들린다.

마지막 문 가에서

가을을 나는 신의 심장 속에 자아넣었다,
그의 눈 곁에서 흘리던 눈물 한줄기를.
네 입이 그랬던 것처럼, 부정하게, 밤이 시작되었다.
네 머리맡에, 어둡게, 세계는 돌이 되었다.

지금 그들은 단지들과 함께 오기 시작하는가?
나뭇잎이 흩뿌려지는 것처럼, 포도주는 낭비되었다.
너는 새떼가 날아가는 하늘이 있었으면 하는가?
돌을 구름으로, 나를 두루미로 있게 하렴.

장미꽃받침

　외로운 투구 속의 장미: 대지의 거무스름한 물에서

　하나를, 어느 기이한 것을 위해 대지로부터, 감지한다, 증식한다, 올라간다 그대들에게 줄기들 속 향기가.

　이슬은 드문드문 주위에만 떨어졌다, 무겁게 그리고 낯선 몸짓으로,

　활개치기 시작한다─무엇에 흠뻑 젖어서?─저 무서운 천사의 날개,

　그대들 모두에게 고통을 나누어주기 위해. 누런, 하얀, 붉은……

　방금 무덤 속으로 떨어졌다, 누이들 중 아무도 장식으로 쓰지 않던 나뭇잎이,

　죽음 그 자체에 그들이 여름을 기별했을 때처럼 사랑스럽게……

　그대들, 정원에서 도망친, 그대들은 나와 함께 어둠 속으로 밀려들어갔다……

　내 심장을 내게로 끌어당겼던, 어둠이 모자라지 않을 때에야,

　어떤 빛줄기도 내 눈을 멀게 하지 않고 어떤 불도 내 눈썹을 그을리지 않는다,

어떤 화살도 나를 맞히지 않고 여기에서는 누구도 더는 활을 팽팽히 당기지 않는다.

보아라, 검은 장미를 무서워하는 것들은, 파란빛이다.

러시아의 봄

피로 가득찬 투구가 추락했다: 어떤 꽃이 피어야 하는가?

내가 너에게 주었던 붉은 꽃이? 내가 받은 파란 꽃이?

아직 그렇게 하늘에 대해 당당한, 그렇게 지상의 애씀에 대해 조용한 밤,

관자놀이를 때리는 망치 소리를 들었던, 성배를 위한 황금을 구한다.

향기 또한 흩날리고 네덜란드에서 온 아가씨가 다다를까,

내 무서운 눈에 움직임 없는 시간을 명받았던 그녀가?

그녀가 나와 함께 알까: 꽃다발을 두른, 기사처럼,

우크라이나의 초록 속에 충실한, 플랑드르의 죽음이 머무는 것을?

그녀가 나와 함께 느낄까: 칠흑 같은 아르덴에서 온 나무가

방랑하는 것을, 우뚝 선 십자가, 그리고 여기서 오늘밤 되리라……

그녀가 나와 함께 원할까, 풀들이 나를 속삭이며 알아보는 것을,

호리호리하고 서양식 옷을 입은, 그녀가 창가에 나타나면?

머무르지 마라, 내 사랑이여, 카튜샤●가 이제 노래를 시작하면!

무릎을 꿇어라, 이제 그 옛날 오르간소리●● 속으로 무릎을 꿇을 시간이다.

크게 굉음을 낸다, 그러면 나는 야곱의 천사와 아직 싸워야 하나?

유대인의 무덤들 사이에서 혼자, 나는 안다, 사랑하는 이여, 네가 우는 것을⋯⋯

프리슬란트●●●의 해변에, 라인 지방의 평야에 나는 충성을 지켰나?

나는 은은한 빛을 내며 내 심장을 내가 당신들에게 헌정한 문장紋章 박힌 방패에 매단다.

● 러시아의 사랑 노래.
●● 소련의 대포는 '스탈린의 오르간'으로 불렸다.
●●● 네덜란드, 독일의 북해 연안 지방.

내 손은 꿈꾸듯이 잡고 노래하고 푸름들 속을 순례하는

여기에 자리잡은, 모두를 위해, 알차이의 폴커*를 위해.

• 독일의 중세 영웅 서사시 『니벨룽겐의 노래』에 나오는 궁정 악사.

시간은 벗나무로 만들어진 회초리가 될 것이다
네 무릎을 스치기 위하여, 아직은 구부러지는;
구름으로 스치게 될 것이다, 그렇게 분홍빛으로 당당하게,
호박琥珀고리를 찬 팔을;

그리고 물속에서 혼란스러운 섬의
꿈꾸는 초록을 제 것으로 만든다;
그리고 눈썹을 휘어지게 용감히 그린다,
가장 부드러운 눈을 숨기기 위하여;

그리고 머물러 있었던, 유일한 태양에서 녹인다,
황금을 어스름의 해안 앞에서.
그리고 잎사귀 하나를 바람에 말린다 내 뺨을 위하여……
그리고 비단실을 연결한다.

작별

눈 없이 네 심장 속으로 숙인, 가지들에게서,

눈멂이 맞아들였던, 싹이 굳어진다.

그리하여 네 심장 또한 내게는 꽃받침으로 더이상 쓸모없다.

그리하여 나는 침울하게 네 손가락의 반지를 뺀다.

오 저 밤들의 그릇된 장난, 네 꿈이

흘러나오지 않는, 내 별의 검에 제압되어……

마지막으로, 귀기울여보렴, 내 발소리가 네게 울렸다.

그리고 이제 울려퍼지는 소리는 오로지 물과 바람이라고.

저녁의 엉겅퀴가 길가에 활짝 피어났다:

작은 등불 하나, 네 심장이 희미한 빛으로 비춰주지 않았던

내게도……

그래도 나는 더이상 울타리 안으로 노루를 꾀어들이지 않는다.

그리고 더이상 나는 비둘기들에게 이렇게 소리치지 않는다:

오렴!

꿈의 문지방

못투성이 손으로 너는 나에게 고요의 씨앗들을 주워준다.
내 영혼은 그들의 체였다, 이제 열일곱 단지가 채워졌다:
네가 밤새 머무르는, 도시. 창문에서 카밀러가 흔들리네:
나는 여기에서 꽃들의 가루로 저녁을 먹었다…… 꽃들도

이러한 침묵을 너처럼 견뎠더라면? 그리고 두 누이는 너무
많지 않은가?
나는 모래 속의 물을 살피러 여전히 집 앞으로 간다:
마지막, 열여덟번째 단지, 거기서 들판의 꽃 미끄러져떨어져
텅 비었다.
네 머리칼이 그곳을 노랗게 물들이다니 얼마나 기이한가!
나는 파란 꽃장식을 푼다.

밤이면 네 몸은 신神의 신열身熱로 갈빛이다:

내 입은 네 두 뺨 위로 횃불을 흔든다.

그들이 자장가를 불러주지 않은, 요람을 흔들리게 하지 마라.

한 줌의 눈雪, 나는 너에게로 갔다,

그리고 불확실하게도, 시간의 둥긂 안에서

네 눈眼은 얼마나 푸르른지. (예전의 달은 더 둥글었지.)

텅 빈 천막에서 기적奇跡은 흐느끼고,

꿈의 작은 동이는 얼어 있다―무엇을 할까?

기억하라: 거무스름하게 잎사귀 하나 딱총나무에 매달려 있

었음을―

한 잔의 피에 대한 그 아름다운 신호.

시

사막에서 부르는 노래

화관 하나가 거무스름한 잎으로 엮였다 아크라* 지방에서:

그곳에서 나는 검은 말을 이리저리 몰았고 죽음을 향하여 검을 찔렀다.

또한 나무사발로 아크라 우물의 재를 마셨다

그리고 면갑面甲을 내려쓰고 하늘의 잔해를 향해 돌진했다.

아크라 지방의 천사들은 죽고 주主는 눈이 멀었기에,

그리하여 잠 속에서 나를 돌보는 이는, 아무도 없다 그들은 여기서 영면에 들었다.

달은 만신창이가 되도록 얻어맞았다, 아크라 지방의 작은 꽃:

녹슨 반지를 낀 손들, 가시를 닮은 꽃들은, 그렇게 피어난다.

그리하여 나는 입맞춤을 위해 마지막으로 몸을 굽혀야 하리,

그들이 아크라에서 기도를 할 때……

오 밤의 갑옷은 허술해서, 쬠쇠 사이로 피가 흘러나오네!

● 기원전 2세기 초 마케도니아의 반유대주의 지배에 맞서 고대 이스라엘의 마카베오 왕조가 만든 요새. 또는 십자군전쟁 당시 수많은 전투가 벌어진 항구도시 아크레로 볼 수도 있다.

그렇게 나는 그대 미소 짓는 형제, 아크라의 철 케루빔*이 되었네.

그렇게 나는 아직도 이름을 부르고 아직도 뺨 위의 화상을 느끼네.

* 구약성서에 나오는 구품천사 중 하나로, 주로 파수꾼 역할을 한다.

부질없이 너는 창문에다 심장들을 그린다:

침묵의 공작公爵이

저 아래 성의 안뜰로 군인들을 소집한다.

그는 제 깃발을 나무에 매달아둔다—가을이 오면, 그를 위해 푸르러질, 이파리 하나;

우울의 줄기들을 그는 군대에 나누어주었다 그리고 시간의 꽃들도;

머리칼 속의 새들과 함께 그는 칼들을 가라앉히러 떠난다.

부질없이 너는 창문에다 심장들을 그린다: 군중 속에 한 신神이 있다,

외투로 몸을 감싸고, 언젠가 계단 위에서 너에게 어깨를 기대었지, 밤시간에,

언젠가, 성이 불길에 휩싸였을 때, 네가 사람들처럼 말을 했을 때: 사랑하는 이여……

그는 외투를 알지 못하고 별을 불러내지도 않았고 둥실 떠있는, 그 이파리를 따라간다.

"오 줄기여", 그는 들었다고 믿는다, "오 시간의 꽃이여".

죽음의 푸가

새벽의 검은 우유 우유를 우리는 저녁에 들이켜네

우리는 들이켜네 우유를 한낮에도 아침에도 우리는 들이켜네 우유를 밤에도

우리는 들이켜고 들이켜네

우리는 공중에 무덤을 파네 그곳은 눕기에 좁지 않아서

한 남자가 그 집안에 사네 그는 뱀들과 노네 그는 쓰네

날이 어두워지면 그는 쓰네 독일을 향하여 너의 금빛 머리칼 마르가레테여

그가 그것을 쓰고 집 앞으로 나서면 별들이 번쩍이고 그는 휘파람으로 자신의 사냥개들을 부르네

그는 휘파람으로 자신의 유대인들을 불러내 땅속에 무덤을 파게 하네

그는 우리에게 명령하네 이제 춤을 위한 음악을 연주하라

새벽의 검은 우유 당신을 우리는 밤에 들이켜네

우리는 들이켜네 당신을 아침에도 한낮에도 우리는 들이켜네 당신을 저녁에도

우리는 들이켜고 들이켜네

한 남자가 그 집안에 사네 그는 뱀들과 노네 그는 쓰네

날이 어두워지면 그는 쓰네 독일을 향하여 너의 금빛 머리칼 마르가레테여

너의 잿빛 머리칼 술라미트여 우리는 공중에 무덤을 파네 그곳은 눕기에 좁지 않아서

그는 외치네 땅속으로 더 깊이 찔러라 너희는 이쪽에서 너희는 저쪽에서 노래하고 연주하라

그는 허리띠의 쇠붙이를 움켜쥐고 그것을 휘두르네 그의 두 눈은 파랗지

삽을 더 깊이 찔러라 너희는 이쪽에서 너희는 저쪽에서 춤을 위한 음악을 계속 연주하라

새벽의 검은 우유 당신을 우리는 밤에 들이켜네

우리는 들이켜네 당신을 한낮에도 아침에도 우리는 들이켜네 당신을 저녁에도

우리는 들이켜고 들이켜네

한 남자가 그 집안에 사네 너의 금빛 머리칼 마르가레테여

너의 잿빛 머리칼 술라미트여 그는 뱀들과 노네

그는 외치네 더 달콤하게 죽음을 연주하라 죽음은 독일에서
온 거장

그는 외치네 더 어둡게 바이올린을 연주하라 그러면 너희는
연기가 되어 공중으로 올라가리라

그러면 너희는 구름 속에 무덤을 갖게 되리라 그곳은 눕기에
좁지 않아서

새벽의 검은 우유 당신을 우리는 밤에 들이켜네

우리는 당신을 한낮에 들이켜네 죽음은 독일에서 온 거장

우리는 들이켜네 당신을 저녁에도 아침에도 우리는 들이켜
고 들이켜네

죽음은 독일에서 온 거장 그의 눈은 파랗지

그는 납총알로 당신을 관통시키네 정확하게 관통시키네

한 남자가 그 집안에 사네 너의 금빛 머리칼 마르가레테여

그는 자신의 사냥개를 우리에게로 몰아대지 그는 우리에게
공중의 무덤을 선물하네

그는 뱀들과 노네 꿈을 꾸네 죽음은 독일에서 온 거장

너의 금빛 머리칼 마르가레테여
너의 잿빛 머리칼 술라미트여

*슬픔

꿈들을, 아침으로 붉게 물든 저녁의 폭풍을,
가라앉은 수련 속에서 잠자는 호수를,
네 침묵으로 얼어붙게 하기 위해 너는 온다,
네게 왕관으로 씌워주었던 그의 검은 누이에게로

관자놀이 위 눈에서 나온 모난 하늘을,
피어오르는 구름을, 너는 속눈썹 위에 지고 가야 한다,
너, 더 소박한 옷들을 입고 헤매는 이여,
너는 웃는다: — 내일은 아마도 견과에서 나온 가을을?

농부의 윗옷, 그림자로 기운 옷,
별이 박힌 거미줄, 너는 밤새도록 입으려 하지 않는다……
하지만 황금은 잠자고 안개가 올라오네.
누구에게 나는 이슬을 주나? 눈물을 — 누구에게?

하모니카

얼음바람이 스텝 위에 네 속눈썹의 교수대빛을 걸어둔다:

너는 붉은 관절로부터 나에게 불어온다, 바람은 과일로 가득한 웅덩이에서 올라간다;

바람은 손가락을 위로 뻗는다―그 곁에서 나는 건초를 잣는다, 네가 죽고 없으면……

담녹색 눈♬ 또한 내린다, 너는 얼어죽은 장미로 배를 채운다.

네가 줬던 것보다 더 많이 나는 항구에서 화주로 나누어준다.

네 머리칼은 칼에 감겨서 나에게, 네 심장은 연기나는 곳으로 우리에게 머물렀다.

마리안*

라일락 꽃을 꽂지 않은 너의 머리칼, 거울유리에서 나온 네
표정.
눈眼에서 눈으로 구름이 지나간다, 마치 소돔에서 바벨로 향
하듯:
구름은 나뭇잎처럼 탑을 쥐어뜯고 유황덤불 주위로 휘몰아
친다.

그러자 번개가 네 입가에서 번쩍여—바이올린의 흔적을 지
닌 그 골짜기.
눈雪 같은 이齒로 누군가 활을 켠다: 오 더 아름다이 갈대는
울렸다!

사랑하는 이여, 너 또한 갈대고 우리는 모두 비雨다;
너의 몸은 무엇과도 비교할 수 없는 포도주, 그리하여 우리
는 열十이 되어서 진탕 마신다;

● 프랑스 혁명정신과 공화정의 가치를 상징하는 가공의 여성상으로, 1789년
대혁명 시기에 회자되기 시작해 이후 프랑스공화국의 상징물로 지정되었다.
들라크루아의 그림 〈민중을 이끄는 자유의 여신〉(1830)에도 등장한다.

너의 심장은 곡식물결 속의 거룻배, 우리는 밤을 향하여 노를 젓는다;

작고 푸른 항아리, 그렇게 너는 가벼이 우리를 뛰어넘었다, 그리고 우리는 잠이 든다……

천막 앞에는 백 명의 무리가 행진을 하지, 그리고 우리는 너를 떠메고 술을 마시며 무덤으로 향한다.

세계의 타일 바닥 위로 꿈들의 단단한 은화銀貨 소리가 울리는 지금.

* 마리안의 그림자를 위한 시

사랑의 박하는 천사의 손가락처럼 자랐다.

믿으렴: 땅에서 팔 하나가 또 올라가고 그 팔은 침묵에 접질렸다,
불 꺼진 빛의 잉걸불에 그을린 어깨 하나가,
시선의 검은 안대로 눈을 가린 얼굴 하나가,
납으로 된 커다란 날개 하나와 나뭇잎들로 이루어진 다른 하나가,
물로 씻어낸 휴식 속에서, 지쳐버린, 몸뚱어리 하나가.

보렴, 그가 어떻게 풀 속에서 움직이고 날개를 펴는지,
그가 어떻게 겨우살이로 만든 사다리를 타고 유리집으로 올라가는지,
바다식물 하나가 커다란 걸음으로 헤매고 있는 곳으로.

믿으렴, 이제 네가 눈물을 흘리며 내게 말하는 그 시간이다,
우리가 그곳에서 맨발로 올라가는 시간, 우리에게 주어진 무언가 할일을 그가 네게 말하는 시간:

성배에서 슬픔을 마시거나 손에서 슬픔을 마시는 것—
그리고 착란에 빠진 식물은 네 대답 곁에서 잠이 든다.

암흑 속에 충돌하며 집안의 창문들이 덜컹거린다,
이제 그들도 말한다, 듣지 않고도 알고 있는 것을:
우리가 사랑하는지 아닌지.

초

손가락에 털이 수북한 수도승들이 책을 펼쳤다: 9월.

이제 이아손*은 막 싹을 올린 씨앗을 향해 눈[雪]을 던진다.

손들로 알알이 엮인 목걸이 하나를 숲이 네게 주었다, 그렇게 너는 밧줄 너머로 죽은 듯 걸음을 옮긴다.

암청색 한 점이 너의 머리칼에 내린다, 그리고 나는 사랑에 대해 이야기한다.

조개들에 대해 그리고 가벼운 구름덩이에 대해 나는 이야기한다, 그리고 빗속에서 작은 배 한 척이 싹터오른다.

작은 숫말 한 마리가 책장을 넘기는 손가락들 너머로 뒤쫓는다—

문이 겁게 활짝 열린다, 나는 노래한다:

우리는 여기서 어떻게 살았을까?

• 그리스신화의 인물. 아르고호 원정대를 이끌고 흑해의 콜키스로 향해 잠들지 않는 용이 지키는 황금양털을 가져왔다. 고대의 콜키스는 첼란의 고향과 멀지 않다.

한 움큼의 시간, 그렇게 너는 나에게로 왔다—나는 말했다: 네 머리칼은 갈빛이 아니야.

그렇게 너는 가벼이 머리칼을 고통의 저울에 올린다, 그것이 나보다 더 무거웠기에……

그들은 배를 타고 네게로 와 머리칼을 배에 싣고, 욕망의 시장에 매물로 내어놓는다—

너는 깊은 곳으로부터 나를 향해 미소 짓고, 나는 가벼이 남아 있는 껍질에서 너를 향해 운다.

나는 운다: 네 머리칼은 갈빛이 아니야, 그들은 바다의 물을 내어놓고, 너는 그들에게 곱슬머리다발을 준다……

너는 속삭인다: 그들은 이미 나와 함께 세계를 가득 채우고 있어요, 그리고 나는 당신에게 가슴속의 골짜기길로 머물러요!

너는 말한다: 세월의 이파리를 당신에게 올려두어요—당신이 와서 나에게 입맞출, 시간이에요!

세월의 이파리들은 갈빛이네, 네 머리칼은 갈빛이 아니네.

절반의 밤

절반의 밤. 번득이는 눈 속 꿈의 단검들에 붙들려 있네.

고통으로 울부짖지 말기를: 수건처럼 구름들은 펄럭이는데.

비단 양탄자 하나, 그렇게 절반의 밤이 우리 사이에 펼쳐져 있네, 어둠에서 어둠으로 춤을 추면서.

그들은 살아 있는 나무로 우리에게 검은 피리들을 깎아주었지, 그리고 이제 춤추는 여자가 오네.

바다의 거품에서 자아낸 손가락을 그녀는 우리 눈에 담그네:

한쪽 눈은 아직도 여기서 울려고 하는가?

둘 다 아니라네. 그리하여 밤은 환희로 소용돌이치고, 불꽃 튀는 북은 우렁차게 울리네.

그녀는 우리를 향해 고리들을 던지고, 우리는 단검으로 그것들을 낚아채네.

그녀는 그렇게 우리를 맺어주는가? 파편처럼 소리가 울리고, 이제 나는 다시 알겠네:

연보랏빛 죽음을

당신은 맞이하지 않았다는 걸.

바다 위에 있는 네 머리칼

네 머리칼 또한 바다 위에 떠 있네 황금빛 노간주나무와 함께.

나무와 함께 너의 머리칼이 하얗게 바랜다면, 나는 너의 머리칼을 돌처럼 푸른빛으로 물들이네:

내가 마지막으로 남쪽을 향해 끌려갔던, 도시의 빛깔……

닻줄로 그들은 나를 묶었고 닻줄마다 돛을 연결했지

그리고 안개 서린 아가리로 내게 침을 뱉으며 노래하기를:

"오 바다를 넘어서 오라!"

나는 그러나 나의 날개를 거룻배처럼 보라색으로 그려낸다

그리하여 미풍은, 바다에서 그들이 잠들기 전, 나에게마저 색색거렸고 후벼대었네.

이제 나는 붉게 물들여야 하리, 너의 곱슬머리를, 하지만 나는 너의 머리칼이 돌처럼 푸른빛인 게 좋다:

오 내가 쓰러져 남쪽을 향해 끌려갔던, 도시의 눈眼이여!

황금빛 노간주나무와 함께 네 머리칼 또한 바다 위에 떠 있네.

사시나무, 네 잎이 하얗게 어둠 속을 응시한다.
내 어머니의 머리칼은 결코 세지 않았는데.

민들레, 그렇게 우크라이나는 초록빛이다.
내 금빛 머리칼 어머니는 집으로 돌아오지 않았는데.

비구름, 그대는 우물가를 장식하는가?
내 고요한 어머니는 모두를 위해 울고 있는데.

둥근 별, 그대는 황금 리본을 묶는다.
내 어머니의 심장은 납탄에 상처를 입었는데.

떡갈나무 문, 누가 돌쩌귀에서 그대를 들어올렸는가?
내 다정한 어머니는 올 수 없는데.

* 네 눈 속의 허브, 쓴 허브*,

바람이 지나치게 부풀린다, 밀랍으로 만든 눈꺼풀.

네 눈의 샘, 용서받은 샘.

● 루마니아어로 쓴 시에는 'iarbă amară'로 표기되어 있다. 이는 민간요
법에서 부인병 치료제로 쓰이는 약초를 총칭하는 '어머니풀'인 화란국화
(tanacetum parthenium)를 가리킨다.

어둠 속으로 가라앉았다 사랑의 체리들이,

내 손가락들은 실을 잣기 위해 구부러졌는데: 어떻게 내가 제비의 그림자를 꺾는가?

그들의 옷, 언젠가 보이지 않았지. 그들의 옷, 언젠가 아침에 자아졌지.

고통의 전령관에게 귀중한 선물, 그의 손에서 금세 미끄러져 떨어졌다

달빛의 족쇄가 풀리는 곳, 아래쪽 전나무 숲속으로.

여름에게 도둑맞은 것은 심장들:

어스름에 너를 위해 익어간, 과일, 대기의 뾰족한 탑 위에

달려 있다. 재로 이루어진 성가퀴 위로.

늑대 같은 신의 품속에.

유일한 빛

공포의 램프들은 밝다, 폭풍우 속에서도.

잎이 무성한 거룻배들의 용골 곁 네 이마로 램프들이 서늘하게 다가온다;

너는, 램프들이 네 곁에서 산산이 부서지길 바란다, 왜냐하면 그것들은 유리가 아닌가?

너는 또한 이미 우유가 뚝뚝 떨어지는 것을 듣고서, 파편에서 즙을 마신다

네가 자면서 겨울의 거울로부터 홀짝거렸던, 그것을:

그것은 너에게 눈송이로 가득한 심장이 되었다, 너에게 얼음으로 가득한 눈眼을 매달았다,

곱슬머리가 바다거품에서부터 너에게 솟아올랐다, 그들은 너를 향해 새들을 던졌다……

네 집은 어두운 물결에 흔들렸다, 하지만 장미의 종種을 감추었다;

집은 방주처럼 거리를 떠났고, 그렇게 너는 재앙에서 구조되었다:

오 죽음의 하얀 박공이여 — 너희 마을은 크리스마스 시절 같아라!

오 대기를 가르는 썰매의 비행—하지만 너는 돌아갔다,

소년처럼 나무를 기어올랐다, 그곳에서 이제 너는 파수를 본다:

저 방주는 아직 가까이서 떠돈다, 하지만 장미들이 방주를 온전히 채우고 있다,

하지만 거룻배들이 공포의 깜박거리는 램프들을 들고 서둘러 접근한다:

아마도, 네 관자놀이가 파열하고, 그다음 거룻배들의 뱃사람들이 뭍에 뛰어오른다,

그다음 그들은 여기에 천막을 펼치고, 그다음 네 두개골이 하늘을 향해 아치를 그린다—

바다거품에서 나온 곱슬머리가 너에게 솟아오른다, 너에게 눈송이로 가득한 심장을 매단다.

224

* 오늘밤

우리의 불타고 있는 방에 어스름 내내 심어진 나무들에서

우리는 부드럽게 유리비둘기들을 떼어놓는다, 영원한 이파
리를;

그들은 살랑거리며 우리에게로 어깨와 팔 위에서 자라날 것
이고 바람은 없을 것이다,

대신 그림자로 만들어진 작은 호수가 있을 것이다, 그 안에
서 너는 뿌리내리지 않는다,

얼어붙은 호수, 그 안에서 비늘로 만들어진 왕관을 차지하려
고 익사자들이 다툰다,

그리고 삶은 노에게 버림받은, 물가의 거룻배.

목소리 하나가 불꽃에서 우리에게 올 것이다 그들의 은을 피
로 얼룩지게 하기 위해,

알리기 위해, 불 속으로 돌아올 것이다: 나는 모른다, 그들만
이 시간을 안다!

또한 그런 다음 그들은 황무지에서 네 주위의 모래를 짓밟기
위해 올 것이다:

그리하여 이제 주위에 산도 존재하도록, 그리하여 우리가 이
승에 머물도록—

그리고 너는 부드럽게 유리비둘기를 떼어놓을 것이다, 천천히, 한 마리씩,

그리고 그들이 허공에서 부서져버리면, 너는 알지 못한 채 나와 함께 말할 것이다.

시네라리아*

철새 창窓이여, 벽을 넘어 날아간 건 오래전이라네,
심장 위의 가지는 이미 하얗고 바다는 우리 위에,
깊은 곳의 언덕은 정오의 별들에 둘러싸였다—
죽음 속에서 떠진, 눈眼처럼 독毒이 빠진 초록……

새어나오는 급류를 길어올리기 위해 우리는 두 손을 오므렸
네:
점점 어두워져 누구에게도 비수를 건네지 않는, 곳들의 물.
너 역시 노래를 불렀지, 그리고 우리는 안개 속에서 격자를
엮었다네:
아마도, 집행자는 아직 오고 있을 것이고 우리의 심장은 다
시 뛸 거라서;
아마도, 탑은 아직 우리 위에서 뒤척일 것이고, 교수대는 떠
들썩하게 세워질 거라서;
아마도, 수염은 우리를 일그러뜨릴 것이고 그들의 금발은 붉
어질 거라서……

● 국화과의 두해살이풀.

227

심장 위의 가지는 이미 하얗고, 바다는 우리 위에 있다.

고사리의 비밀

칼들의 둥근 지붕 속에서 그늘은 잎푸른 심장을 응시합니다.

번득거리는 건 칼날들: 죽음 속에서 거울 앞을 망설이지 않
았던 건 누구입니까?

또한 이곳에서는 살아 있는 우울이 항아리들에 담겨 나올 거
예요:

그들이 마시기 전, 우울은 꽃처럼 한껏 어두워집니다, 마치
물이 아닌 듯,

마치 한층 더 어두운 사랑에 대해, 수용소의 한층 더 검은 잠
자리에 대해,

한층 더 무거운 머리칼에 대해 질문을 받은, 이곳의 천 가지
아름다움인 듯……

그러나 이곳에서는 철의 광채가 걱정거리일 뿐입니다,

그리고 무언가 이곳에서 여전히 드높이 번쩍거린다면, 그렇
게 칼이 되게 하시기를.

우리는 탁자의 항아리만을 비워요, 거울들이 우리를 환대했
기에:

하나가 둘로 쪼개져, 우리가 이파리처럼 푸른 곳에서!

세레나데

연기를 피워올리는 물이 하늘의 동굴에서 쏟아져내린다;

너는 네 얼굴을 그 안에 담근다, 속눈썹이 날아가버리기 전에.

하지만 네 눈길은 파르스름한 불에 머문다, 나는 내가 걸치고 있는 옷을 벗어버린다:

그다음 물결이 너를 거울 속의 내게로 들어올린다, 네가 원하는 것은 하나의 문장紋章……

아, 네 곱슬머리도 녹빛깔이 되었네, 그리하여 네 몸도 하얗게ㅡ

눈眼의 꺼풀들은 눈雪나라를 뒤덮은 천막처럼 장밋빛으로 팽팽해졌다:

나는 내 수염 달린 심장을 그곳에 누이지 않으리, 봄에 수풀은 무성하지 않으리.

철구두의 **삐걱거림**이 체리나무 속에 있다.

투구에서 여름이 너에게 거품으로 쏟아진다. 거무스름한 뻐꾸기는

다이아몬드 같은 며느리발톱으로 하늘의 문에 그림을 그린다.

맨머리의 기병이 나뭇잎에서 솟아오른다.

방패 속에서 그는 희미하게 너의 웃음을 띠고 있다,

적의 강철 같은 땀수건에 못박힌 채.

꿈꾸는 자들의 정원이 그에게 약속되었으니,

그리하여 그는 창을 겨눈다, 장미가 휘감고 올라간 곳을 향해……

하지만 너와 가장 닮은 누군가가, 맨발로 대기를 가르고 온다:

가냘픈 손에 철구두를 매단 채,

그는 전투와 여름을 놓친다. 체리가 그를 위해 피를 흘리고 있다.

셋이서

대부분의 어둠은 짐승 하나가 많네:
우리 둘에게로 쫓겨난 짐승이 온다.
우리는 셋이고 밤이 없다.
우리는 셋이고 두번째 사람을 찾는다.
우리는 셋이고 우리 중 누구도 잠자지 않는다.

우리의 짐승은 하프 같은 뿔을 가졌네:
    내가 연주하면, 너는 가야 한다.
    내가 살아 있으면, 너는 머물러야 한다.

*시각은 어제와 같은 시각이지만, 제삼의 타오르는 바늘 하나를 보여준다

그 바늘을 나는 시간의 정원들에서 아직 보지 못했다

다른 두 개는 서로 안겨 글자판의 남쪽에 누워 있다

그들이 헤어진다면 이미 늦다 그다음 시간은 하나의 다른 시간

그다음 낯선 바늘은 모든 시각이 번져가는 불에 타오를 때까지 길을 잃고 돈다

그리고 단 하나의 숫자로 녹아든다

동시에 시각은 계절이고 내가 죽음의 순간 내디디는 저 스물-네 걸음이다

그러고는 금간 유리를 통과해 방 한가운데로 튀어오른다

그리고 내게 새로운 시계 속 그의 동반자로 훨씬 거친 시간을 재도록 따라오라고 청한다

하지만 나는 차라리 모래시계로 시간 재기를 좋아한다

마치 모래 속 네 머리칼의 그림자처럼 더 가늘고도 가는 시간을 좋아한다

그 윤곽을 피로 그리는 동시에 밤이 지나갔음을 아는 것을 좋아한다

하지만 나는 내가 영원에 대해 거짓을 말하면 네가 시계들을 부술 수 있도록 차라리 모래시계들을 좋아한다

나는 네가 영롱하게 반짝이는 내 머리칼보다 뱀을 더 좋아하

는 것처럼 그들을 좋아한다

　　나는 내가 쓰라림의 왕홀 王笏로 가벼이 부수어버릴 수 있기
에 차라리 모래시계들을 좋아한다

　　그것으로 가을에 태어난 커다란 날개가 허공에서 늘어지도록

　　내가 네 쪽으로 눕는 동안 날개는 색깔을 바꾸네

유골단지에서 나온 모래

곰팡이 낀 초록빛은 잊음의 집이다.

나부끼는 문 앞마다 머리 잘린 너의 악사가 새파랗게 질려
있다.

그는 너에게 이끼와 쓰디쓴 치모恥毛로 만든 북을 두들겨준다;

곪은 발가락으로 그는 모래 속에 네 눈썹을 칠한다.

네 눈썹보다 더 길게, 그리고 그는 네 입술의 붉음을 그린다.

너는 여기서 유골단지를 채워 네 심장을 먹인다.

마지막 깃발

물빛 야생짐승 한 마리가 어슴푸레한 표지標識 속에서 쫓기고 있다.

그렇게 너는 가면을 쓰라 그리고 속눈썹을 초록빛으로 물들여라.

졸음 겨운 거친 곡식가루가 담긴 사발이 흑단탁자 위로 건네진다:

봄부터 봄까지 여기에는 포도주 거품이 일고, 그렇게 한 해는 짧아라,

그렇게 이 사수射手들에게 주는 상賞은 불꽃 같아라―이방인의 장미:

미혹게 하는 너의 수염, 그루터기의 헛된 깃발.

떼구름과 개 짖는 소리! 그들은 광기를 고사리들에게 몰고 간다!

어부처럼 그들은 도깨비불과 입김을 향해 그물을 던진다!

그들은 왕관을 밧줄로 감고 춤으로 초대한다!

그리고 뿔피리를 샘에서 씻는다―그렇게 그들은 유혹의 부름을 배운다.

네가 외투로 고른 것은 빈틈없이 촘촘한가, 그리하여 어슴푸레한 빛을 숨겨주는가?

그들은 나뭇등걸 주위로 잠처럼 숨어든다, 마치 꿈을 선사하기라도 할 것처럼.

이끼 낀 광기의 공 같은 심장들을, 그들은 높이 내던진다:

오 물빛 모피여, 탑에 걸린 우리의 깃발이여!

초록의 석회암 모래언덕 위로 이 밤 비가 내릴 것이다.
오늘까지 죽은 자의 입속에 간직되어 있던 포도주는
종소리로, 다리가 있는 풍경을 깨울 것이다.
대담함으로 가득차 투구 속 인간의 혀가 울릴 것이다.

그리고 더 급한 걸음으로 나무들도 그렇게 올 것이다.
유골단지 안에서 말하는, 나뭇잎 하나를 기다리기 위해,
깃발들의 밀물과 썰물 옆 잠의 물가에 대한 소식.
소식은 네 눈 속으로 자맥질하리, 내가 믿기에는 우리 함께
죽으리.

거울에서 방울져 떨어졌던 네 머리칼이 대기를 퍼뜨릴 것이다.
그 안에서 나는 서리 앉은 손으로 가을을 불붙이게 되리.
나중에 사다리를 타고 눈먼 자들이 마셨던 물에서 나와 올라
간다
내 작은 월계수, 네 이마를 깨물려고.

온 생애

선잠이 든 태양들은 아침이 오기 한 시간 전의 네 머리칼처럼 푸르다.

게다가 태양들은 새의 무덤 위로 돋은 풀처럼 빨리 자란다.

게다가 우리가 욕망의 배에 승선해 꿈으로 했던 놀이가, 태양들을 유혹한다.

시간의 백악암白堊巖에서 태양들은 비수들과도 마주친다.

깊은 잠이 든 태양들은 더욱 푸르다: 네 곱슬머리가 단 한 번 그랬던 것처럼:

나는 밤바람이 되어 돈으로 살 수 있는 네 누이의 품안에 머문다;

네 머리칼이 우리 위 나무에 걸려 있었지만, 너는 그곳에 없었다.

우리는 세계였다, 그리고 너는 문들 앞의 덤불이었다.

죽음의 태양들은 우리 아이의 머리칼처럼 하얗다:

네가 모래언덕에 천막을 쳤을 때, 아이는 밀물에서 솟아나왔다.

아이는 불빛 꺼진 두 눈으로 행복의 칼을 우리 위로 빼든다.

향연

유혹의 높은 들보 속 병들에서 밤을 비워라,

이齒로 일군 문지방, 아침이 오기 전에 파종된 분노:

어쩌면 우리에게서 여전히 이끼가 높이 돋아나리, 그들이 물레방아로부터 여기에 이르기 전에,

그들의 천천히 돌아가는 바퀴인 우리에게서 고요한 곡식을 찾기 위해……

독이 깃든 하늘 아래에서 다른 짚풀들은 황회색빛이 한층 더 짙으리,

꿈은 우리가 욕망을 위하여 주사위를 던지는 곳, 여기와는 다르게 주조되리,

잊음과 경탄이 어둠 속에서 서로 뒤바뀌는 곳, 여기와는,

모든 것이 한 시간 동안만 유효하다가 우리에게 삼켜지듯 조롱을 당하는 곳, 여기와는 다르게

반짝거리는 궤짝 속 창문의 탐욕스러운 물 속으로 내던져진 채—:

그리하여 사람들의 거리에 금이 간다, 구름에게 영광을!

그렇게 외투로 당신들 몸을 감싸고 나와 함께 탁자 위로 올라가자:

아직도 잠들어 있는 것은 서 있는 것과 얼마나 다른가, 잔의 한가운데에서?

천천히 돌아가는 바퀴를 위해서가 아니라면, 우리는 누구를 위하여 아직도 꿈 축배를 드는가?

*12월 31일

새해 전날 밤에, 시각 없는 계절,

너는 사랑하는 이를 불러오려고 젊은이에게 관대棺臺를 보내주었다;

거울에서 그녀에게로 눈물들 또한 출발했다

촛대에 불을 붙였다, 관자놀이에서 움터올라 쓰라림으로 눈 덮인 촛대에,

반지는 잔 속에서 빛을 잃고 창문으로 올라갔다,

그녀가 어떻게 잠자는 머리칼로 눈을 헤치고 오는지를 보기 위해;

그녀를 기다리기 위해 펴진 손들은 문으로 갔다,

그리고 위쪽의 방으로 왈츠를 추러 시인들이 왔다.

그녀는 하지만 눈꺼풀에게 대들기 위해 문지방을 넘어갔다,

그녀의 깨어 있는 젖가슴에서 생명이 꿈 없이 잠드는 것을 보기 위해……

주사위 하나가 석판 사이에 떨어졌다, 살굿빛 눈眼과 함께,

그리고 나무로 지어진 요새의 탑은 그것이 드리운 그림자와 함께 갔다.

회귀선을 위한 노래

너는, 네가 정오에 꿈들의 상처를 준 누군가에게,

자는 동안은 그가 눈먼 애인들에게 베푸는 친절을 허락하지 않을 수 없다:

그는 시각들과 함께 골짜기로 굴러간다, 달빛에 지붕 위를 방랑하던 저들을 위한 시간은 자유롭다

미래에 올 푸름으로 빛났던, 네 세계의 지붕;

네 길이를 재고 네 무게를 쟀던 그리고 마지막으로 너를 무덤에 놓았던, 그에게;

착란의 불꽃머리를 가진 네 아이를 품에서 들어올리는 그—

어떻게 네가 그에게 친절을, 매혹되어 그를 바라보던 눈의 친절을 허락하지 않을 수 있는가:

여기서 그에게 비치는 유일한 것은 네 이마들 위 떼 지은 별;

네 심장을 창으로 찌른 상처를 그는 여기에서만 알아본다.

얼마나 검게 너는 골짜기에 그를 내버려두는가! 더구나 위에서는 반짝거리고 이슬처럼 빛나는데!

너는, 마치 참는 것이 문제였던, 두번째 사람인 것처럼 군다

네 시간의 바윗덩이 같은 짐, 네가 다른 이에게 더 가벼이 주

었던

시각 없이 시각을 알리는 타종, 천년의 빛줄기바람……

오 우울의 돌로 굳은 돛대여! 오 내가 그대들 가운데 살아 있
음이여!

오 그대들 가운데 살아 있고 아름다운 나, 그리고 우울은 나
에게 미소 지어선 안 된다……

9월의 어두운 눈

돌두건頭巾 시간. 그리고 대지의 얼굴을 둘러싼 고통의 곱슬머리는
더욱 풍요롭게 샘솟는다,
죄지은 잠언의 입김에 갈변한,
취한 사과를: 아름답게 그리고
그들이 미래의 불쾌한 반조返照 속에서 하는 놀이를,
꺼려하면서.

밤꽃은 두번째로 핀다:
오리온의 임박한 귀환을 향해
궁핍하게 타오르는 희망의 신호: 하늘의
눈먼 친구들의
별처럼 밝은 열정이
그를 위로 부른다.

외로운 눈 하나 저를 감추지 않은 채
꿈의 문가에서 다툰다.
매일 일어나는 일이라면,

눈이 알기엔 충분하다:

동쪽 창가에서

가녀린 감각의 방랑자의 모습이 밤이면

그에게 나타난다는 것을.

그 눈의 젖음 속으로 너는 칼을 담근다.

바다에서 나온 돌

우리 세계의 하얀 심장, 폭력 없이 우리는 오늘 시든 옥수숫
잎의 시간쯤에서 잃어버렸다:

둥근 뭉치 하나, 그렇게 가볍게 우리 손을 벗어나 굴러간다.

꿈의 모래 무덤가에서 잠의 새로운, 붉은 양털을 잣는 일만
이 그렇게 우리에게 남았었다:

심장은 더이상 아니겠지만, 깊은 곳의 돌로 만들어진 머리칼,

조개와 파도에 대한 깊은 생각에 잠긴, 그의 이마의 가난한
보석.

어쩌면, 저 도시의 문가 허공에서 밤의 의지가 그 보석을 드
높이는 건,

우리가 누워 있는, 집 위에서 그 의지의 동녘 눈眼이 그에게
해명하는 것일지도 모를 일,

입가 바다의 흑암과 머리칼에 꽂힌 네덜란드산 튤립들을.

그들은 그에게로 창艙을 앞서서 실어나르고, 그렇게 우리는
꿈을 실어날랐다, 그렇게 우리 세계의 하얀 심장은

우리에게서 굴러가버린다. 그리하여 곱슬곱슬 엮인 직물이

그의 중심에 놓였다: 기이한 털뭉치 하나,

심장의 자리에서 아름답구나.

오 두근거림이여, 그렇게 왔고 그렇게 사라졌다! 끝이 있는
곳에서 베일은 흔들린다.

* 사랑의 노래

또한 너를 위해 밤들이 아침에 시작되거든,

벽들에서 내려온다, 우리의 빛나는 눈들이 소리내는 견과로,

그러면 너는 견과와 함께 장난치고 그러면 파랑波浪이 창문을 통과해 굴러간다,

우리의 유일한 난파선은, 유리로 만들어진 마룻널을 통해서야 우리는 본다

우리 방 아래의 빈 방을,

네 견과로 너는 방을 꾸미고 나는 커튼으로 네 머리칼을 창문에 매다네,

그러면 드디어 누군가 와서 이제 세를 내줄 것이다,

우리는 집에서 익사하기 위해 위로 돌아간다

프랑스에 대한 회상

당신, 나와 함께 떠올리자: 파리의 하늘이여, 커다란 콜키쿰이여……

우리는 꽃 파는 소녀들에게서 심장을 샀네:

그것들은 파랬고 물속에서 활짝 피었지.

우리 방에는 비가 내리기 시작했어,

그리고 우리 이웃이 도착했지, 므슈 르 송주*, 깡마른 작은 남자.

우리는 카드놀이를 했고, 나는 눈동자를 잃어버렸어;

너는 너의 머리칼을 내게 빌려주었지, 나는 잃어버렸고, 그는 우리를 쳐서 넘어뜨렸네.

그는 문밖으로 걸어나갔고, 비가 그를 따라갔지.

우리는 죽었네 그리고 숨을 쉴 수 있었네.

---

* '꿈' '공상'을 의미하는 프랑스어를 남자 이름으로 부른 것.

시산문

*드디어, 그 순간이 왔다. 집의 외벽을 뒤덮은 거울들 앞으로, 그 집에 너는 영원히 머리칼을 풀고 있는 사랑하는 이를 남겨두었다. 네 검은 깃발을 때 이르게 꽃피운 아카시아나무의 꼭대기에 걸기 위하여. 유일하게 너에게 충직했던, 눈먼 자들 연대의 팡파르가 날카롭게 울리는 소리가 들린다. 너는 가면을 쓴다. 너는 네 재옷의 소매, 검은 레이스를 꿰맨다. 너는 나무로 올라간다. 깃발의 주름이 너를 감싼다. 비행이 시작된다. 아니, 이 집 주위에 있는 누구도 너만큼 날 수는 없었다. 밤이 시작되었고, 네가 뒤로 움직인다. 집의 거울들은 끊임없이 기운다, 네 그림자를 잡기 위해. 별들이 떨어져 네 가면을 찢는다. 네 눈은 심장 속으로 뚝뚝 떨어진다. 돌무화과나무가 이파리들에 불붙였던 심장 속, 별들도 그곳에서 아래로 내려간다. 남김없이 모두, 더 작은 새 한 마리도, 죽음도, 네 주위를 맴돈다. 그리고 네 꿈꾸는 입은 네 이름을 말한다.

* 난간도 없이, 그 위에서 너 자신과 만나는 공기깃발이 올라 갔다가 내려가는 거대한 계단들이, 나를 아직도 유혹하는 움직임을 위한 단 하나의 확실한 좌표가 남아 있다. 난간도 없이, 그럼에도 나는 계단을 받아들이고, 게자리와 산양자리를 오가는 나의 느린 산책을 위해 심지어 계단을 선호하기까지 한다, 내가, 계절과의 불화로, 아무도 사랑하지 않으려는 욕망의 검은 레이스로 집을 넘치도록 채울 때. 마찬가지로 느리게, 그러나 막대로 견고한 내면의 하늘 아래서, 나는 내려간다, 불바퀴를, 가장 바깥에 있는 계단의 가장자리 위로 가장 밑에 있는, 내게 죽임을 당한 여자들 가운데 하나의 머리칼이 목졸라 죽이기 위해 나를 기다리는 곳까지. 나는 위험을 능숙하게 피한다, 그 능숙함은 내 자손에게 전해지지 않을 것이다. 그런 다음 나는 돌아가서, 내가 출발했던 계단에 도달했고, 이 곡예를 속도를 더해가며 마지막 계단 위 갈기 같은 머리칼의 인상 깊은 조롱에 이를 때까지 반복했다. 지금—그리고 지금에서야!—나는 저들에게 눈에 띈다, 저들, 나에게 이미 오래전부터 적의를 가지고, 흥분해서 이 결말을 기다렸던 저들에게. 하지만 이런 종류의 사건에 익숙하지 않아서, 저들은 나를 계단의 금속 난간이라 생각하고, 그리고 위험을 의식하지 않은 채, 저들은 아주 밑으로 내려가 아무것도 모르고 문을 연다, 고귀한 죽은 이가 나타날 문을.

소리 없이 껑충거린다, 석필 하나가 거무스름한 흙 위로, 넘어지다가, 끝없는 석판 위로 계속 소용돌이치다가, 멈추다가, 주위를 둘러보다가, 누구도 아랑곳하지 않다가, 방랑을 이어가다가, 글을 쓴다.

여기에 있는 건 나무인가? 오를 수 있다. 이미 어두워졌으나, 그래서 석필을 방해하는가, 이제, 이미 그것은 위에 있으니, 가지가 갈라지는 곳에, 자신의 작품을 만들기 위해, 자신의 낮– 그리고 밤의 작품을? 차라리 밤의 작품일 것이다, 비록 그가 그리는 기호들은 흰색이지만, 흰색이라도, 거의 알아볼 수 없고, 수수께끼 같다. 아, 그곳에 이파리 하나가 매달려 있었다, 그것은 꼿꼿하고 더 억세다. 이 무슨 추락인가! 이제 두 동강이 났다, 작은 파사삭 소리가 정적을 찢었다, 어느 누군가가 기억해내, 그것이 떨어졌던 곳으로 서둘러 가서 그것을 멈출 수도 있었다. 하지만 그곳에는 아무도 없다. 이제 반으로 갈라진 둘도 다시 일어났다, 계속해서 서두른다, 기호들이 늘어날 것이다, 하지만 이대로 좋다, 길은 멀고, 면은 아무것도 쓰여 있지 않으니.

한 남자가 나타났다, 보행자, 그는 은은한 빛이 나는, 자주 끊기는 흔적을 따라간다. 눈雪, 이라고 생각한다, 하지만 그는 안다, 우리가 12월 한창때에 있음에도, 이것이 눈이 아니라는 것을. 그래도 그는 계속 생각한다, 눈일 거야, 그리고 미소 짓는다, 이것은 무언가 다른 것이고 자신에게는 그에 대한 이름이 없다는 것을 알기에.

어제가 거울의 날이었음은 의심할 여지가 없다. 밤새도록 창문 또한 열어놓았는지 살피러 창가로 갔을 때—이 기다림의 지난밤 동안 그곳에는 아무도 없었다—, 그는 창문이 닫혀 있는 것을 발견했다. 바깥에서 막혀 있었는데, 손 하나가 관련되어 있음이 분명했다. 능란하고, 소리 없는 손(그는 얕은잠에 들었다. 물론 기다리고 있었지만, 그럼에도 아무 소리를 듣지 못했다), 그러니까 오랫동안 그가 두려워했던, 그 손이 바로 오늘 와서 그가 있는 곳으로 들어오는 것을 방해한 것이다. 그러나 그가 창유리 속의 자기 자신을 보니, 외투를 입고 있었다. 걸을 생각도 아니었는데, —오, 그래서 아무도 오지 않았던 것이다. 그가 옷을 입은 채로 그곳에 누워 있었기에, 여행 준비가 된 것처럼! —그리고 더 가까이 들여다보았을 때, 그는 알아챘다, 외투를 벗은 몸 위에 걸치고 단추를 채워놓은 것을. 외투에는 셀 수 없이 많은 단추가 달려 있었다. 얼마나 기이한가: 각각의 단추는 작은 유리주사위였고 그 안에서 빛이 타오르고 있었으며 더 자세히 들여다보면—오 하느님 맙소사, 그렇다 그건 그 자신이었다, 또한 이 주사위들은 거울이었다! 그리고 더 끔찍한 것: 그건 그가 아니었다, 말하자면, 그의 전체가 아니라 머리뿐인 모습이었다, 눈을 감은 채 딴 데로 약간 고개를 돌리고 있는 머리.

자, 그걸 위해서 그가 기다렸단 말이지, 그걸 위해서 창문이 있었단 말이지…… 벽거울은 무엇보다도 정말로 무슨 말을 할 줄 알았던가? 그가 돌아서더니, 방안에서 몇 걸음을 떼었다. 맨발이어서, 차가움을 느끼고 바닥을 바라보았다: 양탄자도 거울이었다. 그 위로 약간 몸을 숙여, 색유리를 응시했다. 이제 그는 외투 솔기가 바로 그런 유리주사위로 채워져 있는 것을 보았다, 저 첫번째 것과 같은, 그보다 더 어둡긴 하나 그것을 반사하고 있는, 그의 발을, 작게. 어느 방랑길 위에 있는, 발가락을 활짝 벌린, 다리에서 떼어내 복사뼈 위까지, 반사하고 있는 유리주사위로.

*믿을 수도 있었을 것이다, 너에게 휴가를 금지하기 위해서는 십자가-아카시아나무에 대해 말했던 모든 것으로 충분했다고. 너는 빛의 시작들을 거울에서 비워냈다, 기쁨과 함께 나무랄 데 없는 방랑자의 이합체離合體시*를 향기 속에서 노래했다, 구근의 꽃처럼 슬퍼하며 명민하게, 정원에서 머릿수건들을 털어낼 때, 너는 한숨을 쉬었다, 너는 마리안을 불렀다, 삶의 잉크와 함께 엎질러진 색깔로 그녀를 불렀다, 하지만 너는 잊었다, 방이 나무가 아니라는 것을, 사람들이 그 이파리들을 회상의 숟가락으로 떠먹었다는 것을, 그리고 정오를 향한 문에 열쇠가 없다는 것을. 너는 열광의 향유 냄새로 채워진 방의 문지방을 아침노을 전에 넘어갈 수도 있었을 것이다, 그리하여 너는, 색깔로, 호수로, 벽들로부터 흘러나가고, 그리하여 사람을 집어삼키는 수풀들의 눈眼에서 잊힌 눈송이들과 함께 춤추고, 그리하여 너는 한번 더—마지막으로—네 영영 지치지 않는 목의 빛으로 가득 채우는 성상聖像에 매달린 저 말을 한다: "녹."** 하지만 종이로 채워진 청춘의 시작업에 물든 샌들을 신고 네가 대담하게 들어섰던 황무지조차 녹빛이었다, 청춘의 종이가 녹빛이었다, 그 위에서 너는 문지방까지 나아갔다. 너는 그리하여 포기했다. 너는 점성가의 미심쩍은 노력을 쏟는 일 없이 아

• 각 구의 첫 글자를 조합하면 다른 뜻의 말이 나타나는 시 형식.
•• 녹(Rost)과 녹빛(rostfarben)의 루마니아어 원문 rugină, ruginie는 아카시아나무(Robine, 루마니아 원문에서는 salcâm)와 연관된 것이다.

카시아나무에 오르기로 결심했다, 별들…… 독과 함께 탁자에
차려졌던 꿈 속에 있는 그 별들의 번쩍거리는 일식을 너는 얼
마나 자주 다시 떠올리려 했는가. 그것은 네가 도시를 떠나게
만들었던 저 연습들 가운데 하나였다. 모두가 보는 가운데, 여
행가방을 뇌 속에 쑤셔넣고, 밀랍과 달의 첫 사분의 일이 섞인
것들 위로 연필을 나누어주며 낮에 도시를 떠날 수도 있었을
것이다. 네가 중얼거림이 담긴 잔을 사랑의 육각형 석판 위에
비웠을 때, 얼마나 우습던지. 아무도 너를 보지 않았다. 너는 혼
자 거리들을 쏘다녔다, 거대한 우산이 지키던, 다시 지상으로
내려온 난쟁이의 낙하산이 지키던 거리들을. 대기 중에 속삭임
이 있었다, 네가 이별하는 것을 보러 온 자유로운 주화鑄貨들의
속삭임이. 그들을 보려고 너는 잠시 멈추었다: 네 재킷 단추가
끌러져 있었다, 네 가슴의 레이스 달린 호기심을 달리 어떻게
만족시킬 수 있었겠는가? 사람들은 네게 맹수굴과 지빠귀에
대해 말했다. 너는 방랑의 다른 몸에서 수정된 도착지들에 열
광해서 제멋대로 믿어버렸다, 무력해진 유산遺産에서 의도적으
로 그것들을 발견할 때가 올 거라고. 여기서도 너는 착각했다.

　너는 보지 않았는가, 네 걸음이 게으른 솜털처럼 부드러운
지루함으로 이어졌던 것을? 귀에 걸린 매들의 위협을 받을 가
능성의 너른 방이 모터보트를 탄 변장한 사람들과 함께 연못가
에 세워진 깃발과는 더이상 맞지 않는 것을? 너는 이해하지 않
았나, 방랑자인 너에게 피 묻은 천막의 나병 걸린 커튼이 강요

되었던 것을? 아, 천막 안에는 아무도 없었다? 천막 입구의 문장紋章에 경쟁자의 까마귀가 내려앉지 않았나? 새 없는 시간의 빛에 색이 바랜, 홍차 빛깔 털의, 경쟁자의 까마귀가? 누군가 너에게 과묵한 용기의 행위를 요구했는가? 양귀비와 이웃인 움직임들의 약탈당한 모습에서 어떤 습격을? 그래, 숯의 손에 응석받이가 된 모래가 보존되는 장소를 저곳에서 발견하기는 너에게 어려운 일이다, 슬퍼하는 동공을 가진 버림받은 단지를 짊어지기는 너에게 어려운 일이다. 어려운 일이다……

어서 말하렴, 그대, 광채로 번쩍거리는 잔혹함을 휘날리게 할 수 있었던 자여, 종이 없는 소식의 이빨 드러낸 물고기들로 넘쳐나는 쉴 곳에 집착하는 자들 중 한 사람의 광휘를, 그대, 짭짤한 눈물을 통해 피어났던 가로축의 대사大使여, 대답하라:

누가 맨 먼저 물에 빠져 죽었는가? 누가 머리칼을 풀고 계단을 내려와 후대의 불규칙한 물결을 딱딱하게 만들었나? 누가 이웃에서 훔친 말을 타고 사랑하는 이의 가슴에서 달아났나? 누가 그의 외투를 비껴갔나, 누가 [……]

*성애 절대주의의 추종자, 더욱이 잠수부들 가운데서도 소극적인 과대망상 환자, 동시에 후광의 대사大使인 파울 첼란, 나는 다만 십 년(혹은 더 길게)마다 비행선 추락의 돌로 굳은 환영을 불러낸다. 그리고 나는 아주 늦은 시간에만 스케이트를 신고 얼음을 지친다, 세계 시인 결탁의 뇌 없는 회원의 거대한 숲으로부터 보호받는 호수 위를. 눈에 보이는 불의 화살로는 이곳을 뚫고 들어가지 못한다는 것을 금방 알 수 있다. 끝없이 거대한 자수정의 장막이 숨겨져 있고, 세계를 향한 경계에, 저 인간의 형상을 한 식물들의 존재, 그들의 저편에서 나는, 셀렌같이, 나를 황홀로 데려다줘야 할 춤을 시도한다. 지금까지는 성공하지 못했고, 관자놀이에서 방랑했던 눈으로, 나는 봄을 기대하면서, 내 옆모습을 지켜본다.

＊**밤들이 있었다**. 그때 내게는, 내가 큰 오렌지색 원으로 그렸던 네 눈들이, 그 재에 새로 불붙이는 것처럼 보였다. 그 밤들에, 비는 더 드문드문 내렸다. 나는 창문을 열고 올라갔다, 벌거벗은 채, 창문턱 위로, 세계를 보기 위해. 숲의 나무들이 내게 다가왔다, 하나씩 하나씩, 굴복하며, 패배한 군대가 왔다, 무기를 넘기기 위해. 움직이지 않고 나는 서 있었다, 그리고 하늘은 제 병사들을 전장으로 보낼 때 들게 했던 깃발을 도로 내렸다. 한구석에서 너도 나를 보았다, 그곳에, 피로 얼룩진 벌거벗은 몸으로 서 있는 내가 얼마나, 말할 수 없이 아름다운지: 나는 비에 지워지지 않은 유일한 별자리였다, 남쪽의 거대한 십자가였다. 그래, 저 밤들에, 네가 동맥을 끊어 자살하기는 어려워졌다. 불꽃이 나를 둘러쌌을 때, 유골단지의 요새는 내 것이었고, 나는 적의 부대를 해산시키고, 도시와 항구로 포상한 후, 내 피로 그곳을 채웠다. 그리고 은빛 표범이 나를 애타게 기다렸던 아침놀을 갈가리 찢었다. 나는 페트로니우스＊였고 다시 장미에 내 피를 들이부었다. 모든 얼룩진 꽃잎을 위해 너는 횃불을 하나씩 껐다.

기억하는가? 나는 페트로니우스였고 너를 사랑하지 않았다.

● 로마의 정치가이자 작가로, 악한소설의 원형인 『사티리콘』을 썼다.

*어느 날 아마도, 6월의 날들에 대한 명예회복이 공식화되어야 했을 때, 크고 푸른 대로의 나무들과 사람들이 치고받는 무자비함의 강요로, 그날 아마도 그대들 넷 모두 자살할 것이다, 동시에, 그대들은 이마의 얽은 피부에 죽음의 시간을 문신으로 새길 것이다. 스페인 춤꾼과 닮은 그대들, 소심하나 적잖이 치명적인, 안녕을 고하는 청춘의 화살로 그대들의 몸에 이 시간을 문신으로 새겨넣을 것이다.

아마도 나는 가까이에 있을 것이다, 아마도 그렇다면 그대들은 그 엄청난 사건을 내게 알려줄 것이다, 나는 바로 그 자리에 있을 수 있다, 그대들의 눈이, 북쪽나라 종려나무의 영속하는 부동성을 관찰하기 위해서, 어떤 강제도 없이 그대들이 평생의 유배지로 택한, 유리집의 멀리 떨어진 방 안 깊숙이 아래서, 그대들의 눈이 몽유병인 호랑이의 불멸의 아름다움에 대해 세상에 말할 때. 그렇다면 아마도 나는 용기를 찾을 것이다, 우리가 그렇게 오랜, 성과 없는 기다림 뒤에, 공통의 언어를 발견했던 그 순간 그대들에게 반대할 용기를. 그대들에게 달려 있다, 내가 활짝 펼친 손가락으로 부채질해 끝을 위해 열린 장례미사의 첫 시험에 든 희생자에게 소금기가 약간 섞인 미풍을 일으킬지는. 그리고 또한 그대들에게 달려 있다, 내가 손수건을 그대들의 틀린 예언의 불에 황폐해진 목구멍 안으로 내려줄지는, 그런 다음 거리에서 머리를 바싹 맞댄 대중 위로 날아가게 하기 위해, 이들이 도시에 하나뿐인 우물로 모여들 때, 순서대로, 마지막 한 방울의 물에서 그러한 이유로 스스로를 들여다보기 위해; 모든 뒤따르는 소식을 거부하는 몸짓으로 침묵하며, 끊임없이 날아가게 하기 위해.

그대들에게 달려 있다. 나를 이해하라.

* **다시 나는** 큰 우산을 밤공기 속에 떠다니게 한다. 나는 안다, 새로운 콜럼버스의 길이 이곳을 지나가지 않고, 내 섬의 왕국은 발견되지 않을 것임을. 내가 손 하나씩 달아둔, 끝없이 갈라진 공기뿌리는 외롭게 서로 얼싸안을 것이다, 높은 곳에서 유랑하는 자들 모르게, 갈라진 것은 그만큼 더 발작적으로 손을 잡고 우울의 장갑을 결코 벗지 않을 것이다. 이 모든 것을 나는 안다, 하지만 밀물과 썰물을 믿을 수 없다는 것도 똑같이 안다, 아래에서 온 듯한 거품으로, 저 고압적인 **잠**의 섬들의 들쑥날쑥한 해변을 적시는 밀물과 썰물을, 내가 좋아했던 잠이었다. 내 맨발 밑 모래가 화염에 휩싸인다, 나는 발가락 끝으로 서서 몸을 거기 위로 뻗는다. 후한 대접을 나는 기대할 수 없다, 그것도 안다, 하지만 그곳이 아니라면, 나는 어디서 멈춰야 하는가? 사람들은 나를 환영하지 않는다. 모르는 전령관이 드넓은 바다 위에서 나를 향해 온다, 나에게는 모든 중간 착륙이 금지되었음을 통보하기 위하여. 나는 하늘에 떠다니는 가시로 인해 피 흘리는 내 손들을 짧은 휴식을 받고 건네준다, 그러면 저곳을, 내 첫 이별의 비단 해안을 떠나, 둥글게 부풀어오른 돛을, 한 줄 더 똑바로 세우고 그들에게로 향하는 내 방랑을 계속할 수 있을 거라는 희망으로. 나는 내 손들을 건네준다, 다음 세대의 식물들의 균형이 어떤 위협도 없이 유지되는지 경계하기 위하여. 또다시 사람들이 나를 돌려보낸다. 나에게는 내 길을 계속 가는 것 말고 남은 것이 없지만, 힘이 빠진다, 나는 눈을 감

고서 거룻배를 가진 사람을 찾는다.

*그 다음날 추방이 시작되어야 하자, 밤에 라파엘이 왔다, 검은 비단으로 지어진 두건 달린 풍성한 절망을 입고서, 그의 이글거리는 눈길이 내 이마와 마주쳤다, 포도주가 내 뺨 위로 강처럼 밀려오기 시작해, 바닥으로 흘렀고, 사람들이 자는 중에 홀짝거리며 마셨다. ─오라, 라파엘이 내게 말했다. 그리고 그 자신이 입은 것과 똑같은 절망을, 너무 환히 빛나는 내 어깨에 내려놓았다. 나는 내 어머니 앞에서 허리를 숙여 입을 맞추었다, 근친상간적으로, 그러고는 집을 나섰다. 열대의 크고 검은 나비가 거대한 무리를 지어 앞으로 나아가는 나를 방해했다. 라파엘이 자기 뒤로 나를 끌어당겼고, 우리는 철길로 내려갔다. 나는 발밑의 선로를 느꼈다, 기관차의 기적소리를 들었다, 지척에서, 심장이 조여들었다. 기차가 우리 머리 위로 지나갔다.

　나는 눈을 떴다. 내 앞으로 끝없이 펼쳐진 평지에 가지가 수천 개인 거대한 촛대가 서 있었다. ─금으로 만들어졌습니까? 내가 라파엘에게 속삭였다. ─금으로 만들어졌지. 너는 가지에 올라가, 내가 촛대를 허공에 세우면, 천국에 고정시킬 수 있다. 사람들이 그 위로 내달리면, 동트기 전에 탈출할 수 있다. 내가 그들에게 길을 알려줄 테니, 너는 그들을 맞이해라. 나는 촛대의 가지 중 하나로 올라갔다, 라파엘이 가지에서 가지로 걸음을 옮기면서, 차례차례 하나씩 건드리자, 촛대가 떠오르기 시작했다. 이파리 하나가 내 이마에 떨어졌다, 내 친구의 눈길이 스쳤던 바로 그 자리에, 단풍나무 이파리가. 나는 주위를 두리번거린다: 이것이 천국일 리 없다. 시간이 흐르고, 나는 아무것도 찾지 못했다. 나는 안다: 아래에는 인간들이 모여들어 있고, 라파엘이 섬세한 손가락으로 건드려, 그들도 떠올랐다는 것을, 그리고 나는 언제까지나 멈추지 않았다는 것을.

천국은 어디인가? 어디?

III

빈

그늘 속 여인의 샹송

말없는 그녀가 와서 튤립의 목을 꺾는다면:
누가 이기나?

　　누가 지나?

　　　　누가 창가로 다가가는가?
누가 그녀의 이름을 처음으로 부르는가?

그것은 내 머리칼을 지닌, 누군가.
그는 마치 죽은 자를 손에 지닌 것처럼 그것을 지니네.
그는 마치 내가 사랑했던 그해에 하늘이 내 머리칼을 지녔던
것처럼, 지니네.
그는 허영으로 그렇게 그것을 지니네.

그가 이기네.

　　그는 지지 않네.

　　　　그는 창가로 다가가지 않네.
그는 그녀의 이름을 부르지 않는다네.

그것은 내 두 눈을 지닌, 누군가.

문이 닫힌 이래, 그는 그것을 지니네.

그는 반지처럼 그것을 손가락에 끼고 있네.

그는 욕망과 사파이어의 파편인 듯 그것을 지니네:

그는 이미 가을의 내 형제였네;

그는 이미 낮과 밤을 세고 있다네.

그는 이기네.

     그는 지지 않네.

           그는 창가로 다가가지 않네.

그는 그녀의 이름을 맨 마지막으로 부른다네.

그것은 내가 말했던 것을, 지닌, 누군가.

그는 마치 보따리처럼 그것을 겨드랑이에 끼고 있네.

그는 마치 시계가 가장 나쁜 시간을 지닌 것처럼 그것을 지니네.

그는 문지방에서 문지방으로 그것을 실어나르네, 그것을 내던져버리지 않네.

그는 이기지 않네.

    그는 지네.

         그는 창가로 다가가네.

그는 그녀의 이름을 맨 처음으로 부른다네.

그는 튤립들에 목이 잘릴 거라네.

밤의 빛줄기

가장 환하게 내 저녁연인들의 머리칼이 탔다:

그녀들에게 나는 가장 가벼운 나무로 만든 관을 보낸다.

관은 마치 로마에서 꾸었던 우리 꿈속의 침대처럼 물결치며 에워싸였다;

관은 나처럼 하얀 가발을 쓰고 쉰 목소리로 말한다:

관은 나처럼 말한다, 내가 심장에게 들어오는 것을 허락해주면.

관은 프랑스어 사랑 노래를 알고 있다, 내가 가을에 불렀던 그 노래를,

여행중이던 내가 황혼의 나라에 머물며 아침을 향하여 편지를 쓸 때 불렀던.

관은 아름다운 거룻배다, 감정의 덤불에 새겨진.

나 또한 피 아래쪽으로 거룻배를 몰고 갔었지, 내가 네 눈眼보다 젊었을 때.

지금 너는 마치 3월의 눈雪 속에 죽은 새처럼 젊다,

이제 관이 네게로 와서 제 프랑스어 노래를 부른다.

그대들은 가볍다: 내 봄이 끝날 때까지 잘 만큼.

나는 더 가볍다:

이방인들 앞에서 노래할 만큼.

너로부터 나에게로의 세월

내가 울면, 네 머리칼이 다시 물결친다. 네 두 눈의 푸른빛과 함께

너는 우리 사랑의 식탁을 차린다: 여름과 가을 사이의 침대를.

우리는 마신다, 내가 아니고, 너도 아니고, 제삼자도 아닌 누군가 빚은 술을:

우리는 빈 것이자 마지막인 것을 홀짝거린다.

우리는 심해의 거울에 우리를 비춰 본다 그리고 서로에게 더 빨리 음식을 건넨다:

밤은 밤이다, 밤은 아침과 함께 시작한다,

밤이 나를 네 곁에 눕힌다.

먼 곳을 위한 찬양

네 두 눈의 샘 속에
이르호수* 어부들의 그물이 산다.
네 두 눈의 샘 속에서
바다는 제 약속을 지킨다.

여기서 나는 던진다,
사람들 사이에 머물렀던, 심장 하나를,
나의 옷가지들과 맹세의 광채를:

검은 것 속에서 더 검게, 나는 더욱 벌거벗었다.
배반을 하고서야 비로소 나는 충실하다.
내가 내가 될 때, 나는 너다.

네 두 눈의 샘 속에서
나는 표류하며 도둑질을 꿈꾼다.

● 오스트리아의 잘츠카머구트에 있는 호수. 다른 한편으로는 독일어 동사
'irren(방황하다, 헤매다, 나쁜 길로 빠지다)'의 어간과 'See(호수)'를 합쳐서
첼란이 만들어낸 시어일 수도 있다.

그물 하나가 그물 하나를 포획했다:

우리는 포옹한 채 헤어진다.

네 두 눈의 샘 속에서

목매달린 자가 목의 밧줄을 조인다.

늦게 그리고 깊게

금언처럼 심술궂게 이 밤은 시작된다.

우리는 침묵의 사과를 먹는다.

우리는 각자의 별들에게나 맡길, 일을 한다;

우리는 생각에 잠긴 깃발의 붉음으로 우리 보리수들의 가을 속에 서 있다,

남쪽에서 온 타오르는 손님들로.

우리는 새 예수에게 맹세한다, 먼지를 먼지와 결혼시킬 것을,

새는 방랑하는 신발과,

우리의 심장은 물속 사다리와.

우리는 세계에 모래의 성스러운 서약들을 맹세한다,

우리는 그것을 기꺼이 맹세한다,

우리는 그것을 큰 소리로 맹세한다, 꿈 없는 잠의 지붕들에 대하여

그리고 시간의 흰 머리칼을 흔든다······

그들이 외친다: 너희 신성을 모독하는구나!

우리는 오래전부터 알고 있다.

우리는 오래전부터 알고 있다, 하지만 무슨 소용인가?

너희는 죽음의 물레방앗간에서 약속의 흰 가루를 빻고 있는데,

그리고 우리의 형제자매들 앞에 그것을 갖다놓았는데―

우리는 시간의 흰 머리칼을 흔든다.

너희는 우리에게 경고한다: 너희 신성을 모독하는구나!

우리는 잘 알고 있다,

죄가 우리 위에 임하리라는 것을.

온갖 경고하는 징조의 모습으로 죄가 우리 위에 임하리라는

것을,

그렁거리는 바다가 임하리라는 것을,

귀환의 갑옷을 입은 질풍,

깊은 밤의 한낮,

이제까지 한 번도 존재하지 않았던 것이 임하리라는 것을!

한 사람이 무덤에서 나오리라는 것을.

코로나

가을은 내 손에서 잎사귀들을 받아먹는다: 우리는 친구다.

우리는 호두 껍데기를 벗겨 시간을 꺼내 걷는 법을 가르쳐
준다:

시간은 껍데기 속으로 돌아간다.

거울 속에 일요일이 있다,

꿈속에서 잠이 든다,

입은 진실을 말한다.

내 눈은 사랑하는 이의 성기로 내려간다:

우리는 서로 바라본다,

우리는 서로 어두운 것을 말한다,

우리는 양귀비와 기억처럼 서로 사랑한다,

우리는 조개 속의 포도주처럼 잔다,

달의 핏빛 속에 잠긴 바다처럼 잔다.

우리는 한데 얽혀 창문 안에 서 있다, 거리에서 그들이 우리
를 바라본다:

알아야 할 시간이다!

돌은 꽃으로 피기로 하고,

마음속 불안이 심장을 두드리는, 시간이다.

시간이 되는, 시간이다.

시간이다.

여행중에

그것은 먼지를 너의 시종으로 만드는, 어떤 시간,
파리에 있는 너의 집을 네 손의 희생의 장소로 만드는 시간,
네 검은 눈을 가장 검은 눈으로 만드는 시간.

그것은 네 심장을 위한 마차 한 대가 멈춰 서는, 어느 농가.
네가 마차를 몰고 간다면, 네 머리칼은 흩날리고 싶겠지만—
그것은 금지된 일.
그들은 머문 채 손을 흔든다, 그것을 알지 못한다.

파울 첼란 연보

1920년   11월 23일 부코비나 체르노비츠의 유대인 집안에서
              출생. 본명은 파울 안첼.

1938년   체르노비츠에서 대학입학자격시험. 프랑스 투르에
              서 의과대학 공부.

1939년   체르노비츠로 돌아옴. 라틴어문학 공부 시작.

1940년   체르노비츠가 소련 영토가 됨.

1941년   독일과 루마니아 군대의 점령으로 체르노비츠는 유
              대인 거주 지역(게토)이 됨.

1942년   부모가 집단학살수용소로 추방됨.
              수용소를 탈출했으나, 다시 루마니아 강제수용소행.

1944년   4월 다시 소련 영토가 된 체르노비츠로 돌아옴. 대학
              공부 재개.

1945년   부쿠레슈티에서 번역과 편집.

1947년   루마니아 잡지 『아고라』에 처음으로 시 출판.
              12월부터 빈 거주

1948년   7월부터 파리 거주. 독문학과 언어학 공부.
              빈에서 『유골단지에서 나온 모래』출간. 후에 오자가
              많다는 이유로 회수.

1950년   문학 학사학위 받음.

1952년   『양귀비와 기억』출간. 슈투트가르트, 독일 안슈탈트
              출판사.

판화가 지젤 레트랑제와 결혼.

1955년   『문지방에서 문지방으로』 출간. 슈투트가르트, 독일 안슈탈트 출판사.

아들 에릭 출생.

1958년   브레멘 문학상 수상.

1959년   『언어격자』 출간. 프랑크푸르트 암 마인, 피셔 출판사.

파리 에콜 노르말 쉬페리외르 강사.

1960년   게오르크 뷔히너 상 수상.

1963년   『누구도 아닌 이의 장미』 출간. 프랑크프루트 암 마인, 피셔 출판사.

1964년   노르트라인베스트팔렌 예술대상 수상.

1967년   『숨전환』 출간. 프랑크푸르트 암 마인, 주어캄프 출판사.

1968년   『실낱태양들』 출간. 프랑크푸르트 암 마인, 주어캄프 출판사.

잡지 『레페메르』 공동 발행인.

1969년   이스라엘 여행.

1970년   4월 20일 센강에 투신, 사망 추정.

『빛의 압박』 출간 프랑크푸르트 암 마인, 주어캄프 출판사.

1971년   『눈의 부분』 출간, 프랑크푸르트 암 마인, 주어캄프 출판사.

1975년   『시집』(전2권) 출간. 프랑크푸르트 암 마인, 주어캄프 출판사.

1976년   『시간의 농가』 출간. 프랑크푸르트 암 마인, 주어캄프 출판사.

옮긴이 **허수경**

1964년 경남 진주에서 태어났다. 시집 『슬픔만한 거름이 어디 있으랴』 『혼자 가는 먼 집』을 발표한 뒤 1992년 늦가을 독일로 가 뮌스터대학교에서 고고학을 공부하고 박사학위를 받았다. 그뒤로 시집 『청동의 시간 감자의 시간』 『빌어먹을, 차가운 심장』 『누구도 기억하지 않는 역에서』, 산문집 『나는 발굴지에 있었다』 『그대는 할말을 어디에 두고 왔는가』 『너 없이 걸었다』, 장편소설 『모래도시』 『아틀란티스야, 잘 가』 『박하』, 동화 『가로미와 늘메 이야기』 『마루호리의 비밀』 을 펴냈고, 『슬픈 란돌린』 『끝없는 이야기』 『사랑하기 위한 일곱 번의 시도』 『그림 형제 동화집』 등을 우리말로 옮겼으며, 동서문학상, 전숙희문학상, 이육사문학상을 수상했다. 2018년 가을 뮌스터에서 생을 마감했다. 유고집으로 『가기 전에 쓰는 글들』 『오늘의 착각』 『사랑을 나는 너에게서 배웠는데』가 출간되었다.

문학동네 세계문학
파울 첼란 전집 4

초판 인쇄 2022년 11월 2일 | 초판 발행 2022년 11월 23일

지은이 파울 첼란 | 옮긴이 허수경
책임편집 황문정 | 편집 임선영
디자인 고은이 엄자영 이원경 | 저작권 박지영 형소진 이영은 김하림
마케팅 정민호 이숙재 박치우 한민아 이민경 안남영 왕지경 김수현 정경주
브랜딩 함유지 함근아 김희숙 고보미 박민재 박진희 정승민
제작 강신은 김동욱 임현식 | 제작처 한영문화사(인쇄) 경일제책사(제본)

펴낸곳 (주)문학동네 | 펴낸이 김소영
출판등록 1993년 10월 22일 제2003-000045호
주소 10881 경기도 파주시 회동길 210
전자우편 editor@munhak.com | 대표전화 031) 955-8888 | 팩스 031) 955-8855
문의전화 031) 955-3578(마케팅) 031) 955-2659(편집)
문학동네카페 http://cafe.naver.com/mhdn
인스타그램 @munhakdongne | 트위터 @munhakdongne
북클럽문학동네 http://bookclubmunhak.com

ISBN 978-89-546-8982-3 04850
     978-89-546-7643-4 (세트)

www.munhak.com

"나는 내 존재와 무관한 시는
단 한 줄도 쓰지 않았다."
파울 첼란

그리하여 하나의 유일무이한 시적 우주로 가는 문이 열린다. 뷔혀마가진

난해하다는 그릇된 평가를 받은 이 작가가 놀랍도록 현실적인 동시에, 시적으로 독창적이고 타협 없는 자기-, 세계 경험을 마지막 철자 하나하나까지 정확한 단어로 담아낸다. 만하이머 모르겐

파울 첼란의 시를 읽는다는 것, 그것은 말할 수 없이 흥분되고 비교할 수 없는 말의 너비를 발견하는 일이다. 레벤스아르트

파울 첼란 전집은 새로운 발견으로 초대한다. 어둠의 한가운데서도 동시에 유토피아적인 것을 찾을 수 있다. 디 타게스포스트

파울 첼란의 시는 번역 불가능성의 가장자리를 맴돈다. 에베레스트 등반에 버금가는 어려움을 겪으면서도 번역자들은 첼란의 어둠에 싸인 비애를 옮기고자 하는 강렬한 욕망을 느껴왔다. 그 자신이 이미 재능 있는 시 번역자이기도 했던 첼란은 시를 "병 속의 편지"에 비유했다. 어쩌면 그는 시란 곧 번역이라 말하고 싶었는지도 모른다. 뉴욕 타임스

나치 수용소에 대해 출판된 최초의 시들 중 하나이자 20세기 유럽 시의 기준이 된 대표작 「죽음의 푸가」부터, 불가해한 후기작에 이르기까지, 첼란의 모든 시는 생략적이고, 중의적이고, 쉬운 해석을 거부한다. 그는 아우슈비츠 이후 세계를 위한 언어를 다시금 고안해 독일어의 새로운 형태를 만들어냈다. 뉴요커

프리드리히 휠덜린과 라이너 마리아 릴케 이후 유럽 문단의 가장 혁신적인 모더니즘 시인 중 하나인 파울 첼란. 20세기의 전쟁과 공포 이후 그는 시로 나아가는 새길을 열었다. 첼란 그 자신처럼 그의 시는 겁먹고 상처 입은 생존자다. 보스턴 리뷰